没有一种人生
是完美的

季羡林 著

湖南文艺出版社　博集天卷

只 为 优 质 阅 读

好读
Goodreads

目录
Contents

 万家灯火,一盏归处

什么幸福,什么尊荣,
都比不上待在母亲身边。

我的家	/ 003
赋得永久的悔	/ 008
寸草心	/ 016
母与子	/ 025
回家	/ 037
寻梦	/ 043
夜来香开花的时候	/ 046
一条老狗	/ 059

 二 人间自有真情在

回忆起她来，

就像回忆一个甜美的梦。

人间自有真情在	/ 071
三个小女孩	/ 074
病房杂忆	/ 083
塔什干的一个男孩子	/ 093
护士长	/ 103
两行写在泥土地上的字	/ 107
一个影子似的孩子	/ 111
我的女房东	/ 114

 游戏人间，不亦快哉

我爱北京的小胡同，

北京的小胡同也爱我。

佛山街头小景	/125
上海菜市场	/129
重返哥廷根	/132
听诗	/141
访绍兴鲁迅故居	/148
北京忆旧	/153
我在延吉吃的第一顿饭	/157
我爱北京的小胡同	/163

 一寸光阴不可轻

只要活着，
就要活得像个人样子。

时间 / 169

当时只道是寻常 / 174

一寸光阴不可轻 / 177

如何利用时间 / 180

九十述怀 / 182

九三述怀 / 194

九十五岁初度 / 200

新年抒怀 / 205

糊涂一点,潇洒一点

倒霉时,要想到走运,
不必垂头丧气。

做人与处世　　　　　　/ 215

走运与倒霉　　　　　　/ 218

糊涂一点,潇洒一点　　　/ 221

满招损,谦受益　　　　　/ 225

毁誉　　　　　　　　　　/ 228

谦虚与虚伪　　　　　　　/ 231

我们面对的现实　　　　　/ 234

有为有不为　　　　　　　/ 238

六

猫狗可爱,人间值得

我从小就喜爱小动物。

同小动物在一起,别有一番滋味。

老猫	/ 243
晨趣	/ 256
加德满都的狗	/ 259
自己的花是让别人看的	/ 262
一个盛刮胡子刀架的塑料盒	/ 264
临清狮猫	/ 266
咪咪	/ 268
咪咪二世	/ 273

一

万家灯火，一盏归处

什么幸福，什么尊荣，
都比不上待在母亲身边。

我的家

我曾经有过一个温馨的家。那时候,老祖和德华都还活着,她们从济南迁来北京,我们住在一起。

老祖是我的婶母,全家都尊敬她,尊称之为老祖。她出身中医世家,人极聪明,很有心计,从小学会了一套治病的手段。有家传治白喉的秘方,治疗这种十分危险的病,十拿十稳,手到病除。因自幼丧母,没人替她操心,耽误了出嫁的黄金时刻,成了一位山东话称为"老姑娘"的人。年近四十,才嫁给了我叔父,做续弦的妻子。她心灵中经受的痛苦之剧烈,概可想见。然而她是一个十分坚强的人,从来没有对人流露过,实际上,作为一个丧母的孤儿,又能对谁流露呢?

德华是我的老伴,是奉父母之命,通过媒妁之言同我结婚的。她只有小学水平,认了一些字,也早已还给老师了。她是一个真正善良的人，一生没有跟任何人闹过对立，发过脾气。她也是自幼丧母的，在她那堂姊妹兄弟众多的、生计十分困难的大家庭里，终日愁米愁面，当然也受过不少的苦，没有母亲这一把保护伞，有苦无处诉，她的青年时代是在愁苦中度过的。

至于我自己，我虽然不是自幼丧母，但是，六岁时就离开母亲，没有母爱的滋味，我尝得透而又透。我大学还没有毕业，母亲就永远离开了我，这使我抱恨终天，成为我的"永久的悔"。我的脾气，不能说是暴躁，而是急躁。想到干什么，必须立即干成，否则就坐卧不安。我还不能说自己是个坏人，因为，除了为自己考虑外，我还能为别人考虑。我坚决反对曹操的"宁教我负天下人，休教天下人负我"。

就是这样的三个人组成了一个家庭。

为什么说是一个温馨的家呢？首先是因为我们家六十年来没有吵过一次架，甚至没有红过一次脸。我想，这即使不能算是绝无仅有，也是极为难能可贵的。把这样一个家庭称为温馨不正是恰如其分吗？其中也不是没有原因的。

我们全家都尊敬老祖，她是我们家的功臣。正当我们家经济濒于破产的时候，从天上掉下一个馅饼来：我获得一个到德国去留学的机会。我并没有什么凌云壮志，只不过是想苦熬两年，镀上一层金，回国来好抢得一只好饭碗，如此而已。焉知两年一变而成了十二年。如果不是老祖苦苦挣扎，摆过小摊，卖过破烂，勉强让——一老，我的叔父；二中，老祖和德华；

二小,我的女儿和儿子——能够有一口饭吃,才得渡过灾难,否则,我们家早已家破人亡了。这样一位大大的功臣,我们焉能不尊敬呢?

如果真有"毫不利己,专门利人"的人的话,那就是老祖和德华。她们忙忙碌碌地买菜、做饭,等到饭一做好,她俩却坐在旁边看着我们狼吞虎咽,自己只吃残羹剩饭。这逼得我不得不从内心深处尊敬她们。

我们曾经雇过一个从安徽来的年轻女孩子当小时工。她姓杨,我们都管她叫小杨——是一个十分温顺、诚实、少言寡语的女孩子,她每天在我们家干两小时的活,天天忙得没有空闲时间。我们家的两位女主人经常在午饭的时候送给小杨一个热馒头,夹上肉菜,让她吃了当午饭。她吃完立即到别的人家去干活。有一次,小杨背上长了一个疮,老祖是医生,懂得其中的道理。据她说,疮长在背上,如凸了出来,这是良性的,无大妨碍。如果凹了进去,则是民间所谓的大背疮,古书上称之为疽,是能要人命的。当年范增"疽发背死",就是这种疮。小杨长的也恰恰是这种疮。于是,小杨每天到我们家来,不是干活,而是治病,主治大夫就是老祖,德华成了助手。天天挤脓、上药,忙完整整两小时,小杨再到别的人家去干活。最后,奇迹出现了,过了几个月,小杨的疽完全好了。老祖始终没有告诉她这种疮的危险性。小杨离开北京回到安徽老家以后,还经常给我们来信,可见我们家这两位女主人之恩,使她毕生难忘了。

我们的家庭成员，除了"万物之灵"的人以外，还有几只并非"万物之灵"的猫。我们养的第一只猫，名叫虎子，脾气真像老虎，极为暴烈。但是，对我们三个人却十分温顺，晚上经常睡在我的被子上。晚上，我一上床躺下，虎子就和另外一只名叫猫咪的猫，连忙跳上床来，争夺我脚头上那一块地盘，沉沉地压在那里。如果我半夜里醒来，觉得脚头上轻轻的，我知道，两只猫都没有来，这时我往往难再入睡。在白天，我出去散步，两只猫就跟在我后面，我上山，它们也上山；我下来，它们也跟着下来。这成为燕园中一道著名的风景线，名传遐迩。

这难道不是一个温馨的家庭吗？

然而，光阴如电光石火，转瞬即逝。到了今天，人猫俱亡，我们的家庭只剩下了我一个人，形单影只，过了一段寂寞凄苦的生活。

然而，天无绝人之路。隔了不久，我的同事、我的朋友、我的学生，了解到我的情况之后，立刻伸出了爱援之手，使我又萌生了活下去的勇气。其中有一位天天到我家来"打工"，为我操吃操穿，读信念报，招待来宾，处理杂务，不是亲属，胜似亲属。让我深深感觉到，人间毕竟是温暖的，生活毕竟是"美丽的"（我讨厌这个词，姑一用之）。如果没有这些友爱和帮助，我恐怕早已登上了八宝山，与人世"拜拜"了。

那些非"万物之灵"的家庭成员如今数目也增多了。我现在有四只纯种的从家乡带来的波斯猫,活泼、顽皮,经常挤入我的怀中,爬上我的脖子。其中一只,尊号"毛毛四世"的小猫,正在爬上我的脖子,被一位摄影家在不到半秒钟的时间抢拍了一个镜头,赫然登在《人民日报》上,受到了许多人的赞扬,成为蜚声猫坛的一只世界名猫。

眼前,虽然我们家只剩下我一个孤家寡人,你难道能说这不是一个温馨的家吗?

二〇〇〇年十一月五日

赋得永久的悔

题目是韩小蕙小姐出的,所以名之曰"赋得"。但文章是我心甘情愿作的,所以不是八股。

我为什么心甘情愿作这样一篇文章呢?一言以蔽之,题目出得好,不但实获我心,而且先获我心——我早就想写这样一篇东西了。

我已经到了望九之年。在过去的七八十年中,从乡下到城里;从国内到国外;从小学、中学、大学到洋研究院;从"志于学"到超过"从心所欲不逾矩",曲曲折折,坎坎坷坷。既走过阳关大道,也走过独木小桥;既经过"山重水复疑无路",又看到"柳暗花明又一村"。喜悦与忧伤并驾,失望与希望齐飞,我的经历可谓多矣。要讲后悔之事,那是俯拾皆是的。要选其中最深切、最真实、最难忘的悔,也就是永久的悔,那也是唾手可得的,因为它片刻也没有离开过我的心。

我这永久的悔就是:不该离开故乡、离开母亲。

我出生在鲁西北一个极端贫困的村庄里。我们家是贫中之贫,真可以说是贫无立锥之地。十年浩劫中,我自己跳出来反对北大那一位倒行逆施但又炙手可热的"老佛爷",被她视为眼中钉,必欲除之而后快。她手下的小喽啰们曾两次窜到我的故乡,处心积虑把我"打"成地主,他们那种狗仗人势、穷凶极恶的教师爷架子,并没有能吓倒我的乡亲。我小时候的一位伙伴指着他们的鼻子,大声说:"如果让整个官庄来诉苦的话,季羡林家是第一家!"

这一句话并没有夸大,他说的是实情。我祖父母早亡,留下了我父亲等三个兄弟,孤苦伶仃,无依无靠。最小的十一叔被送了人。我父亲和九叔饿得没有办法,只好到别人家的枣林里去捡落到地上的干枣充饥。这当然不是长久之计。最后兄弟俩被逼背井离乡,盲流到济南去谋生。此时他俩也不过十几二十岁。在举目无亲的大城市里,必然是经过千辛万苦,九叔在济南落住了脚。于是我父亲就回到了故乡,说是农民,但又无田可耕。又必然经过千辛万苦,九叔从济南有时寄点钱回家,父亲赖以生活。不知怎么一来,竟然寻上了媳妇,她就是我的母亲。母亲的娘家姓赵,门当户对,她家穷得同我们家差不多,否则也决不会结亲。她家里饭都吃不上,哪里有钱、有闲上学?所以我母亲一个字也不识,活了一辈子,连个名字都没有。她家在另一个庄上，离我们庄五里路。这五里路就是我母亲毕生所走的最长的距离。

北京大学那一位"老佛爷"要"打"成"地主"的人，也就是我，就出生在这样一个家庭里，就有这样一位母亲。

后来我听说，我们家确实也"阔"过一阵。大概在清末民初，九叔在东三省用口袋里剩下的最后五角钱买了十分之一的湖北水灾奖券，中了奖。兄弟俩商量，要"富贵而归故乡"，回家扬一下眉，吐一下气。于是把钱运回家，九叔仍然留在城里，乡里的事由父亲一手张罗，他用荒唐离奇的价钱，买了砖瓦，盖了房子。又用荒唐离奇的价钱，置了一块带一口水井的田地。一时兴会淋漓，真正扬眉吐气了。可惜好景不长，我父亲又用荒唐离奇的方式，仿佛宋江一样，豁达大度，招待四方朋友。转瞬间，盖成的瓦房又拆了卖砖、卖瓦。有水井的田地也改变了主人。全家又回归到原来的情况。我就是在这个时候，在这样的情况下降生到人间来的。

母亲当然亲身经历了这个巨大的变化。可惜，当我同母亲住在一起的时候，我只有几岁，告诉我，我也不懂。所以，我们家这一次陡然上升，又陡然下降，只像是昙花一现，我到现在也不完全明白。这个谜恐怕要成为永恒的谜了。

不管怎样，我们家恢复到从前那种穷困的情况。后来听人说，我们家那时只有半亩多地。这半亩多地是怎么来的，我也不清楚。一家三口人就靠这半亩多地生活。城里的九叔当然还会给点接济，然而像中湖北水灾奖那样的事，一辈子有一次也不算少了。九叔没有多少钱接济他的哥哥了。

家里日子是怎样过的，我年龄太小，说不清楚。反正吃得极坏，这个我是懂得的。按照当时的标准，吃"白的"（指麦子面）最高，其次是吃小米面或棒子面饼子，最次是吃红高粱饼子，颜色是红的，像猪肝一样。"白的"与我们家无缘，"黄的"（小米面和棒子面饼子颜色都是黄的）与我们缘分也不大，终日为伍者只有"红的"。这"红的"又苦又涩，真是难以下咽。但不吃又害饿，我真有点谈"红"色变了。

但是，小孩子也有小孩子的办法。我祖父的堂兄是一个举人，他的夫人我喊她奶奶。他们这一支是有钱有地的。虽然举人死了，但家境依然很好。我这一位大奶奶仍然健在。她的亲孙子早亡，所以把全部的钟爱都倾注到我身上来。她是整个官庄能够吃"白的"的仅有的几个人中之一。她不但自己吃，而且每天都给我留出半个或者四分之一个白面馍馍来。我每天早晨一睁眼，立即跳下炕来向村里跑，我们家住在村外。我跑到大奶奶跟前，清脆甜美地喊上一声："奶奶！"她立即笑得合不上嘴，把手缩回到肥大的袖子，从口袋里掏出一小块馍馍，递给我，这是我一天最幸福的时刻。

此外，我也偶尔能够吃一点"白的"，这是我自己用劳动换来的。一到夏天麦收季节，我们家根本没有什么麦子可收。对门住的宁家大婶子和大姑——她们家也穷得够呛——就带我到本村或外村富人的地里去"拾麦子"。所谓"拾麦子"就是别家的长工割过麦了，总还会剩下那么一点点麦穗，这些都是不值得一捡的，我们这些穷人就来"拾"。因为剩下的绝不会多，我们拾上半天，也不过拾半篮子，然而对我们来说，这已经如获至宝了。一定是大婶子和大姑对我特别照顾，一个四五岁、五六岁的孩子，拾上一个夏天，也能拾上十斤八斤麦粒——这些都是母亲亲手搓出来的。为了对我加以奖励，麦季过后，母亲便把麦子磨成面，蒸成馍馍，或贴成白面饼子，让我解馋。我于是大快朵颐了。

记得有一年，我拾麦子的成绩也许是有点"超常"。到了中秋节——农民嘴里叫"八月十五"——母亲不知从哪里弄了点月饼，给我掰了一块，我就蹲在一块石头旁边，大吃起来。在当时，对我来说，月饼可真是神奇的东西，龙肝凤髓也难以比得上的，我难得吃一次。我当时并没有注意，母亲是否也在吃。现在回想起来，她根本一口也没有吃。不但是月饼，连其他"白的"，母亲也从来都没有尝过，都留给我吃了。她大概是毕生就与红色的高粱饼子为伍。到了歉年，连这个也吃不上，那就只有吃野菜了。

至于肉类，吃的回忆似乎是一片空白。我老娘家隔壁是一家卖煮牛肉的作坊。给农民劳苦耕耘了一辈子的老黄牛，到了老年，耕不动了，几个农民便以极其低的价钱买来，用极其野蛮的办法杀死它，把肉煮烂，然后卖掉。老牛肉难煮，实在没有办法,农民就在肉锅里小便一通,这样肉就好烂了。农民心肠好,有了这种情况,就昭告四邻:"今天的肉你们别买!"老娘家穷,虽然极其疼爱我这个外孙,也只能用土罐子,花几个制钱,装一罐子牛肉汤,聊胜于无。记得有一次,罐子里多了一块牛肚,这就成了我的专利。我舍不得一气吃掉,就用生了锈的小铁刀,一块一块地割着吃,慢慢地吃。这一块牛肚真可以同月饼媲美了。

"白的"、月饼和牛肚难得,"黄的"怎样呢?"黄的"同样难得。但是,尽管我只有几岁,我却也想出了办法。到了春、夏、秋这三个季节,庄外的草和庄稼都长起来了。我就到庄外去割草,或者到人家高粱地里去劈高粱叶。劈高粱叶,田主不但不禁止,反而还欢迎;因为叶子一劈,通风情况就能改进,高粱长得就能更好,粮食打得就能更多。草和高粱叶都是喂牛用的。我们家穷,从来没有养过牛。我二大爷家是有地的,经常养着两头大牛。我这草和高粱叶就是给它们准备的。每当我这个不到三块豆腐高的孩子背着一大捆草或高粱叶走进二大爷的大门,我心里有所恃而不恐,把草或高粱叶放在牛圈里,赖着不走,总能蹭上一顿"黄的"吃,不会被二大娘"卷"(我们那里的土话,意思是"骂")出来。到了过年的时候,自己心里觉得,在过去的一年里,自己喂牛立了功,又有了勇气到二大爷家里赖着吃黄面糕。黄面糕是用黄米面加上枣蒸成的。颜色虽黄,却位列"白的"之上,因为一年只在过年时吃一次,物以稀为贵，于是黄面糕就贵了起来。

我上面讲的全是吃的东西。为什么一讲到母亲就讲起吃的东西来了呢？原因并不复杂：第一，我作为一个孩子容易关心吃的东西；第二，所有我在上面提到的好吃的东西，几乎都与母亲无缘。除了"黄的"以外，其余她都不沾边。我在她身边只待到六岁，以后两次奔丧回家，待的时间也很短。现在我回忆起来，连母亲的面影都是迷离模糊的，没有一个清晰的轮廓。特别有一点，让我难解而又易解：我无论如何也回忆不起母亲的笑容来，她好像一辈子都没有笑过。家境贫困，儿子远离，她受尽了苦难，笑容从何而来呢？有一次我回家听对面的宁大婶子告诉我说："你娘经常说：'早知道送出去回不来，我无论如何也不会放他走的！'"简短的一句话里面含着多少辛酸，多少悲伤啊！母亲不知有多少日日夜夜，眼望远方，盼望自己的儿子回来啊！然而这个儿子却始终没有归来，一直到母亲离开这个世界。

对于这个情况，我最初懵懵懂懂，理解得并不深刻。到了上高中的时候，自己大了几岁，逐渐理解了。但是自己寄人篱下，经济不能独立，空有雄心壮志，怎奈无法实现。我暗暗地下定了决心，立下了誓愿，一旦大学毕业，自己找到工作，就立即迎养母亲。然而没有等到我大学毕业，母亲就离开我走了，永远永远地走了。古人说："树欲静而风不止，子欲养而亲不待。"这话正应到我身上。我不忍想象母亲临终思念爱子的情况，一想到，我就会心肝俱裂，眼泪盈眶。当我从北京赶回济南，又从济南赶回清平奔丧的时候，看到了母亲的棺材，看到那简陋的屋子，我真想一头撞死在棺材上，随母亲于地下。我后悔，我真后悔，我千不该万不该离开了母亲。世界上无论什么名誉，什么地位，什么幸福，什么尊荣，都比不上待在母亲身边，即使她一个字也不识，即使整天吃"红的"。

这就是我的"永久的悔"。

一九九四年三月五日

寸草心

小引

我已至望九之年,在这漫长的生命中,亲属先我而去的,人数颇多。俗话说:"死人生活在活人的记忆里。"先走的亲属当然就活在我的记忆里。越是年老,想到他们的次数越多。想得最厉害的偏偏是几位妇女。因为我是一个激烈的女权卫护者吗?不是的。那么究竟原因何在呢?我说不清。反正事实就是这样,我只能说是因缘和合了。

我在下面依次讲四位妇女。前三位属于"寸草心"的范畴,最后一位算是借了光。

大奶奶

我的上一辈，大排行，共十一位兄弟。老大、老二，我叫他们"大大爷""二大爷"，他们是同父同母所生，其父亲是个举人，做过一任教谕，官阶未必入流，却是我们庄最高的功名，最大的官，因此家中颇为富有。兄弟俩分家，每人还各得地五六十亩。后来被划为富农。老三、老四、老五、老六、老八、老十，我从未见过，对他们父母生身情况不清楚，因家贫遭灾，闯了关东，黄鹤一去不复归矣。老七、老九、老十一，是同父同母所生，老七是我父亲。我父亲从小父母双亡，我从来没有见过我的祖父母。贫无立锥之地，十一叔被送给了别人，改了姓。九叔也万般无奈被迫背井离乡，流落济南，好歹算是在那里立定了脚跟。我六岁离家，投奔的就是九叔。

所谓"大奶奶"，就是举人的妻子。大大爷生过一个儿子，也就是说，大奶奶有过一个孙子。可惜在娶妻生子后就死亡了。我从来没有见过他。因此，在我上一辈的十一人中，男孩子只有我这一个独根独苗。在旧社会"不孝有三，无后为大"的环境中，我成了家中的宝贝，自是意中事。可能还有一些别的原因，在我六岁离家之前，我就成了大奶奶的心头肉，一天不见也不行。

我们家住在村外，大奶奶住在村内。有很长一段时间，我每天早晨一睁眼，滚下土炕，一溜烟就跑到村内，一头扑到大奶奶怀里。只见她把手缩进非常宽大的袖筒里，不知从什么地方拿出半个或四分之一个白面馒头,递给我。当时吃白面馒头叫作吃"白的",全村能每天吃"白的"的人,屈指可数,大奶奶是其中一个,在季家全家是唯一的一个。对我这个连"黄的"(指小米面和玉米面)都吃不到,只能凑合着吃"红的"(红高粱面)的小孩子,"白的"简直就像是龙肝凤髓,是我一天望眼欲穿地最希望享受到的。

按年龄推算起来,从能跑路到离开家,大约是从三岁到六岁,是我每天必见大奶奶的时期,也是我一生最难忘怀的一段生活。我的记忆中往往闪出一株大柳树的影子。大奶奶弥勒佛似的端坐在一把奇大的椅子上。她身躯胖大,据说食量很大。有一次,家人给她炖了一锅肉。她问家里的人:"肉炖好了没有?给我盛一碗拿两个馒头来,我尝尝!"食量可见一斑。可惜我现在怎么样也挖不出吃肉的回忆。我不会没吃过的。大概我的最高愿望也不过是吃点"白的",超过这个标准,对我就如云天渺茫,连回忆都没有了。

可是我终于离开了大奶奶,以耄耋的高龄,失掉我这块心头肉,大奶奶内心的悲伤,完全可以想象。"可怜小儿女,不解忆长安"[1]。我只有六岁,稍有点不安,转眼就忘了。等我第一次从济南回家的时候,是送大奶奶入土的。从此我就永远失掉了大奶奶。

大奶奶永远活在我的记忆中。

---

[1] 原诗为:"遥怜小儿女,未解忆长安。"出自杜甫的《月夜》。——编者注(如无特殊说明,本书脚注均为编者注)

我的母亲

我是一个最爱母亲的人，却又是一个享受母爱最少的人。我六岁离开母亲，以后有两次短暂的会面，都是由于回家奔丧，最后一次是分离八年以后，又回家奔丧，这次奔的却是母亲的丧，回到老家，母亲已经躺在棺材里，连遗容都没能见上。从此，人天永隔，连回忆里母亲的面影都变得迷离模糊，连在梦中都见不到母亲的真面目了，这样的梦，我生平不知已有多少次。直到耄耋之年，我仍然频频梦到面目不清的母亲，总是老泪纵横，哭着醒来。对享受母亲的爱来说，我注定是一个永恒的悲剧人物了。奈之何哉！奈之何哉！

关于母亲，我已经写了很多，这里不想再重复。我只想写一件我绝不相信其为真而又热切希望其为真的小事。

在清华大学念书时，母亲突然去世。我从北京赶回济南，又赶回清平，送母亲入土。我回到家里，看到的只是一个黑棺材，母亲的面容再也看不到了。有一天夜里，我正睡在里间的土炕上，十一叔陪着我。中间隔一片枣树林的对门的宁大叔，径直走进屋内，绕过母亲的棺材，走到里屋炕前，把我叫醒，说他的老婆宁大婶"撞客"了——我们那里把鬼附人体叫作"撞客"——撞的客就是我母亲。我大吃一惊，一骨碌爬起来，跌跌撞撞，跟着宁大叔，穿过枣树林，来到他家。宁大婶坐在炕上，闭着眼睛，嘴里却不停地说着话。不是她说话，而是我母亲，一见我（不如说是一"听到我"，因为她没有睁眼），就抓住我的手，说："儿啊！你让娘想得好苦呀！离家八年，也不回来看看我。你知道，娘心里是什么滋味呀！"如此刺刺不休，说个不停。我仿佛当头挨了一棒，懵懵懂懂，不知所措。按理说，听到母亲的声音，我应当号啕大哭。然而，我没有，我似乎又清醒过来。我在潜意识中，连声问着自己：这是可能的吗？这是真事吗？我心里酸甜苦辣，搅成了一锅酱。我对"母亲"说："娘啊！你不该来找宁大婶呀！你不该麻烦宁大婶呀！"我自己的声音传到我自己的耳朵里，一片空虚，一片淡漠。然而，我又不能不这样，我的那一点"科学"起了支配的作用。"母亲"连声说："是啊！是啊！我要走了。"于是宁大婶睁开了眼睛，木然、愕然坐在土炕上。我回到自己家里，看到母亲的棺材，伏在土炕上，一直哭到天明。

我不能相信这是真的，但是希望它是真的。倚闾望子，望了八年，终于"看"到了自己心爱的独子，对母亲来说不也是一种安慰吗？但这是多么渺茫，多么神奇的一种安慰呀！

母亲永远活在我的记忆里。

我的婶母

这里指的是我九叔续弦的夫人。第一位夫人，虽然是把我抚养大的，我应当感谢她，但是，留给我的却不都是愉快的回忆。我写不出什么文章。

这一位续弦的婶母,是在一九三五年夏天我离开济南以后才同叔父结婚的,我并没见过她。到了德国写家信,虽然"敬禀者"的对象中也有"婶母"这个称呼,却对我来说是一个空洞的概念,一直到一九四七年,也就是说十二年以后,我从北京乘飞机回济南,才把概念同真人对上了号。

婶母(后来我们家里称她为"老祖")是绝顶聪明的人,也是一个有个性有脾气的人。我初回到家,她是斜着眼睛看我的。这也难怪,结婚十几年了,忽然凭空冒出来了一个侄子。"他是什么人呢?好人?坏人?好不好对付?"她似乎有这样多问号。这是人之常情,不能怪她。

我却对她非常尊敬。她不是个一般的人。在我离家十二年期间,我在欧洲经历了第二次世界大战,她在国内经历了日军占领和抗日战争。我是亲老、家贫、子幼,可是鞭长莫及。有五六年,音讯不通。上有老,下有小,叔父脾气又极暴烈,甚至有点乖戾,极难侍奉。有时候,经济没有来源,全靠她一个人支撑。她摆过烟摊;到小市上去卖衣服、家具;在日军刺刀下去领混合面;骑着马到济南乡里去勘查田地,充当地牙子,赚点钱供家用;靠自己幼时所学的中医知识,给人看病。她以"少妻"的身份,对付难以对付的"老夫"。她的苦心至今还催我下泪。在这万分艰苦的情况下,她没让孙女和孙子失学,把他们抚养成人。总之,一句话,如果没有老祖,我们的家早就完了。我回到家里来也恐怕只能看到一座空房，妻离子散，叔父归天。

我自认还不是一个混人。我极重感情，决不忘恩。老祖的所作所为，我看到眼里，记在心中。回北京以后，给她写了一封长信，称她为"老季家的功臣"。听说，她很高兴。见了自己的娘家人，详细通报。从此，她再也不斜着眼睛看我了，我们两个人之间的关系十分融洽，互相尊重。我们全家都尊敬她，热爱她，"老祖"这一个朴素简明的称号，就能代表我们全家人的心。

叔父去世以后，老祖同我的妻子彭德华从济南迁来北京。我们一起生活了将近三十年，从没有半点龃龉，总是你尊我敬。自从我六岁到济南以后，六十年来，我们家从来没有吵过架，这是极为难得的。我看进入吉尼斯世界纪录，也不为过。老祖到我们家以后，我们能这样和睦，主要归功于她和德华二人，我在其中起的作用，微乎其微。以八十多的高龄，老祖身体健康，精神愉快，操持家务，全都靠她。我们只请了做小时工的保姆。老祖天天背着一个大黑布包，出去采买食品菜蔬，成为朗润园的美谈。老祖是非常满意的，告诉自己的娘家人说："这一家子都是很孝顺的。"可见她晚年心情之一斑。我个人也是非常满意的，我安享了二三十年的清福。老祖以九十岁的高龄离开人世。我想她是含笑离开的。

老祖永远活在我的记忆里。

我的妻子

我在上面说过：德华不应该属于"寸草心"的范畴。她借了光，人世间借光的事情也是常有的。

我因为是季家的独根独苗，身上负有传宗接代的重大任务，所以十八岁就结了婚。父母之命，媒妁之言，自不在话下。德华长我四岁。对我们家来说，她真正做到了"毫不利己，专门利人"，一辈子勤勤恳恳，有时候还要含辛茹苦。上有公婆，下有稚子幼女，丈夫十几年不在家。公公又极难侍候，家里又穷，经济朝不保夕。在这些年，她究竟受了多少苦，她只是偶尔对我流露一点，我实在说不清楚。

德华天资不是太高，只念过小学，大概能认千八百字。当我念小学的时候，我曾偷偷地看过许多旧小说，什么《西游记》《封神演义》《彭公案》《施公案》《济公传》《七侠五义》《小五义》等都看过。当时这些书对我来说是"禁书"，叔叔称之为"闲书"。看"闲书"是大罪状，是绝对不允许的。但是，不但我，连叔父的女儿秋妹都偷偷地看过不少。她把小说中常见的词"飞檐走壁"念成"飞胆（膽）走壁"，一时传为笑柄。可是，德华一辈子也没有看过任何一部小说，别的书更谈不上了。她没有给我写过一封信，她根本拿不起笔来。到了晚年，连早年能认的千八百字也都大半还给了老师，剩下的不太多了。因此，她对我一辈子搞的这一套玩意儿根本不知道是什么东西，有什么意义，她似乎从来也没有想知道过。在这方面，我们俩毫无共同的语言。

在文化方面，她就是这个样子。然而，在道德方面，她却是超一流的。上对公婆，她真正尽上了孝道；下对子女，她真正做到了慈母应做的一切；中对丈夫，她绝对忠诚，绝对服从，绝对爱护。她是一个极为难得的孝顺媳妇，贤妻良母。她对待任何人都是忠厚诚恳，从来没有说过半句闲话。她不会撒谎，我敢保证，她一辈子没有说过半句谎话。如果中国将来要修《二十几史》，而其中又有什么"妇女列传"或"闺秀列传"的话，她应该榜上有名。

一九六二年，老祖同德华从济南搬到北京来，我过单身汉生活数十年，现在总算是有了一个家。这也是德华一生的黄金时期，也是我一生最幸福的时候。我们家里和睦相处，你尊我让，从来没有吵过嘴。有时候家人朋友团聚，食前方丈，杯盘满桌，烹饪往往由她们二人主厨。饭菜上桌，众人狼吞虎咽，她们俩却往往是坐在一旁，笑眯眯地看着我们吃，脸上流露出极为怡悦的表情。对这样的家庭，一切赞誉之词都是无用的，都会黯然失色的。

我活到了八十多，参透了人生真谛。人生无常，无法抗御。我在极端的快乐中，往往心头闪过一丝暗影：天下无不散的筵席。我们家这一出十分美满的戏，早晚会有煞戏的时候。果然，老祖先走了。去年德华又走了。她也已活到超过米寿，她可以瞑目了。

德华永远活在我的记忆里。

母与子

一想到故乡,就想到一个老妇人,我自己也觉得奇怪:干皱的面纹,霜白的乱发,眼睛因为流泪多了镶着红肿的边,嘴瘪了进去。这样一张面孔,看了不是很该令人不适意的吗?为什么它总霸占住我的心呢?但是再一想到,我是在怎样的一个环境里遇到了这老妇人,便立刻知道,她不但现在霸占住我的心,而且要永远地霸占住了。

现在回忆起来,还恍如眼前的事。去年的初秋,因为母亲的死,我在火车里闷了一天,在长途汽车里又颠荡了一天以后,又回到八年没曾回过的故乡去。现在已经不能确切地记得是什么时候,只记得才到故乡的时候,树丛里还残留着一点浮翠;当我离开的时候就只有淡远的长天下一片凄凉的黄雾了。就在这浮翠里,我踏上印着自己童年游踪的土地。当我从远处看到自己的在烟云笼罩下的小村的时候，想到死去的母亲就躺在这烟云里的某一个角落，我不能描写我的心情。像一团烈焰在心里烧着，又像严冬的厚冰积在心头。我迷惘地撞进了自己的家。在泪光里看着一切都在浮动。我更不能描写当我看到母亲的棺材时的心情。几次在梦里接受了母亲的微笑，现在微笑的人却已经睡在这木匣子里了。有谁有过同我一样的境遇的吗？他大概知道我的心是怎样地绞痛了。我哭，我哭到一直不知道自己是在哭。渐渐地听到四周有嘈杂的人声围绕着我，似乎都在劝解我。都叫着我的乳名，自己听了，在冰冷的心里也似乎得到了点温热。又经过了许久，我才睁开眼。看到了许多以前熟悉现在都变了但也还能认得出来的面孔。除了自己家里的大娘、婶子以外，我就看到了这个老妇人：干皱的面纹，霜白的乱发，眼睛因为流泪多了镶着红肿的边，嘴瘪了进去……

她就用这瘪了进去的嘴，一凹一凹地似乎对我说着什么话。我只听到絮絮的扯不断拉不断仿佛念咒似的低声，并没有听清她对我说的什么。等到阴影渐渐地从窗外爬进来，我从窗棂里看出去，小院里也织上了一层朦胧的暗色。我似乎比以前清楚了点。看到眼前仍然挤着许多人。在阴影里，每个人摆着一张阴暗苍白的面孔，却看不到这一凹一凹的嘴了。一打听，才知道，她就是同村的算起来比我长一辈的，应该叫作大娘之流的我小时候也曾抱我玩过的一个老妇人。

以后，我过的是一个极端痛苦的日子。母亲的死使我对一切都灰心。以前也曾自己吹起过幻影：怎样在十几年的漂泊生活以后，回到故乡来，听到母亲的一声含有温热的呼唤，仿佛饮一杯甘露似的，给疲惫的心加一点生气，然后再冲到人世里去。现在这幻影终于证实了是个幻影，我现在是处在怎样一个环境里呢？寂寞冷落的屋里，墙上满布着灰尘和蛛网。正中放着一个大而黑的木匣子。这匣子装走了我的母亲，也装走了我的希望和幻影。屋外是一个用黄土堆成的墙围绕着的天井。墙上已经有了几处倾圮的缺口，上面长着乱草。从缺口里看出去是另一片黄土的墙，黄土的屋顶，黄土的街道，接连着枣树林里的一片淡淡的还残留着点绿色的黄雾，枣树林的上面是初秋阴沉的也有点黄色的长天。我的心也像这许多黄的东西一样地黄，也一样地阴沉。一个丢掉希望和幻影的人，不也正该丢掉生趣吗？

我的心，虽然像黄土一样地黄，却不能像黄土一样地安定。我被圈在这样一个小的天井里：天井的四周都栽满了树。榆树最多，也有桃树和梨树。每棵树上都有母亲亲自砍伐的痕迹。在给烟熏黑了的小厨房里，还有母亲没死时吃剩的半个茄子，半棵葱。吃饭用的碗筷，随时用的手巾，都印有母亲的手泽和口泽。在地上的每一块砖上，每一块土上，母亲在活着的时候每天不知道要踏过多少次。这活着，并不邈远，一点都不，只不过是十天前。十天算是怎样短的一个时间呢？然而不管怎样短，就在十天后的现在，我却只看到母亲躺在这黑匣子里。看不到，永远也看不到，母亲的身影再在榆树和桃树中间，在这砖上，在黄的墙、黄的枣树林、黄的长天下游动了。

虽然白天和夜仍然交替着来，我却只觉到有夜。在白天，我有颗夜的心。在夜里，夜长，也黑，长得莫名其妙，黑得更莫名其妙，更黑的还是我的心。我枕着母亲枕过的枕头，想到母亲在这枕头上想到她儿子的时候不知道流过多少泪，现在却轮到我枕着这枕头流泪了。凄凉零乱的梦萦绕在我的四周，我睡不熟。在蒙眬里睁开眼睛，看到淡淡的月光从门缝流进来，反射在黑漆的棺材上的清光。在黑影里，又浮起了母亲的凄冷的微笑。我的心在战栗，我渴望着天明。但夜更长，也更黑，这漫漫的长夜什么时候过去呢？我什么时候才能看到天光呢？

时间终于慢慢地走过去——白天里悲痛袭击着我，夜间里黑暗压住了我的心。想到故都学校里的校舍和朋友，恍如回望云天里的仙阙，又像捉住了一个荒诞的古代的梦。眼前仍然是一片黄土色。每天接触到的仍然是一张张阴暗灰白的面孔。他们虽然都用天真又单纯的话和举动来对我表示亲热，但他们哪里能了解我这一腔的苦水呢？我感觉到寂寞。

就在这时候，这老妇人每天总到我家里来看我。仍然是干皱的面纹，霜白的乱发，眼睛镶着红肿的边，嘴瘪了进去。就用瘪了进去的嘴一凹一凹地絮絮地说着话，以前我总以为她说的不过是同别人一样的劝解我的话，因为我并没曾听清她说的是什么。现在听清了，才知道从这一凹一凹的嘴里发出的并不是我想的那些话。她老向我问着外面的事情，尤其很关心地问着军队的事情。对于我母亲的死却一句也不提。我很觉得奇怪。我不明了她的用意。我在当时那种心情之下，有什么心绪同她闲扯呢？当她絮絮地扯不断拉不断地仿佛念咒似的说着话的时候，我仍然看到母亲的面影在各处飘，在榆树旁，在天井里，在墙角的阴影里。寂寞和悲哀仍然霸占住我的心。我有时也答应她一两句。她于是就絮絮地说下去，说，她怎样有一个儿子，她的独子，三年前因为在家没有饭吃，偷跑了出去当兵。去年只接到了他的一封信，说是不久就要开到不知道哪里去打仗。到现在有一年没信了。留下一个媳妇和一个孩子（说着指了指偎在她身旁的一个肮脏的拖着鼻涕的小孩）。家里又穷，几年来年成又不好，媳妇时常哭……问我知道不知道他在什么地方。说着，在叹了几口气以后，晶莹的泪点顺着干皱的面纹流下来，流过一凹一凹的嘴，落到地上去了。我知道，悲哀怎样啃着这老妇人的心。本来需要安慰的我也只好反过头来，安慰她几句，看她领着她的孙子沿着黄土的路踽踽地走去的渐渐消失的背影。

接连着几天的过午，她总领着她孙子来看我。她这孙子实在不高明，肮脏又淘气。他死死地缠住她，但是她却一点都不急躁。看着她孙子的拖着鼻涕的面孔，微笑就浮在她瘦了进去的嘴旁。拍着他，嘴里哼着催眠曲似的歌。我知道，这单纯的老妇人怎样在她孙子身上发现了她儿子。她仍然絮絮地问着我，关于外面军队里的事情。问我知道她儿子在什么地方不。

我也很想在谈话间隔的时候，问她一问我母亲活着时的情形，好使我这八年不见面的渴望和悲哀的烈焰消熄一点。她却只"唔唔"两声支吾过去，仍然絮絮地扯不断拉不断地仿佛念咒似的自己低语着，说她儿子小的时候怎样淘气；有一次，他打碎一个碗，她打了他一掌，他哭得真凶呢。大了怎样不正经做活。说到高兴的地方，也有一线微笑掠过这干皱的脸。最后，又问我知道她儿子在什么地方不。我发现了这老妇人出奇地固执。我只好再安慰她两句。在黄昏的微光里，送她出去。眼看着她领着她的孙子在黄土道上踽踽地凄凉地走去。暮色压在她的微驼的背上。

就这样，有几个寂寞的过午和黄昏就度过了。间或有一两天，这老妇人因为有事没来看我。我自己也受不住寂寞的袭击，常出去走走。紧靠着屋后的是一个大坑，汪洋一片水，有外面的小湖那样大。是秋天，前面已经说过。坑里丛生着的芦草都顶着白茸茸的花，望过去，像一片银海。芦花的里面是水。从芦花稀处，也能看到深碧的水面。我曾整个过午坐在这水边的芦花丛里，看水面反射的静静的清光。间或有一两条小鱼冲出水面来唼喋着。一切都这样静。母亲的面影仍然浮动在我眼前。我想到童年时候怎样在这里洗澡；怎样在夏天里，太阳出来以前，水面还发着蓝黑色的时候，沿着坑边去摸鸭蛋；倘若摸到一个的话，拿给母亲看的时候，母亲的微笑怎样在当时的童稚的心灵里开成一朵花；怎样又因为淘气，被母亲在后面追打着，当自己被逼紧了跳下水去站在水里回头看岸上的母亲的时候，母亲却因了这过分顽皮的举动，笑了，自己也笑……然而这些美丽的回忆，却随了母亲给死吞噬了去。只剩了一把两把的眼泪。我要问，母亲怎么会死了？我究竟是什么东西？但一切都这样静。我眼前闪动着各种的幻影。芦花流着银光，水面上反射着青光，夕阳的残晖照在树梢上发着金光：这一切都混杂地搅动在我眼前，像一串串的金星，又像迸发的火花。里面仍然闪动着母亲的面影，也是一串串的……我忘记了自己，忘记了一切，像浮在一个荒诞的神话里，踏着暮色走回家了。

有时候，我也走到场里去看看。豆子、谷子都从田地里用牛车拖了来，堆成一个个小山似的垛。有的也摊开来在太阳里晒着。老牛拖着石碾在上面转，有节奏地摆动着头。驴子也摇着长耳朵在拖着车走。在正午的沉默里，只听到豆荚在阳光下开裂时毕剥的响声和柳树下老牛的喘气声。风从割净了庄稼的田地里吹了来，带着土的香味。一切都沉默。这时候，我又往往遇到这个老妇人领着她的孙子，从远远的田地里顺着一条小路走了来，手里间或拿着几根玉蜀黍秸。霜白的发被风吹得轻微地颤动着。一见了我，立刻红肿的眼睛里也仿佛有了光辉。站住便同我说起话来。嘴一凹一凹地说过了几句话以后，立刻转到她的儿子身上。她自己又低着头絮絮地扯不断拉不断地仿佛念咒似的说起来。又说到她儿子小的时候怎样淘气。有一次他摔碎了一个碗。她打了他一掌，他哭得真凶呢。他大了又怎样不正经做活。说到高兴的地方，干皱的脸上仍然浮起微笑。接着又问到我外面军队上的情形，问我知道他在什么地方不、见过他没有。她还要我保证，他不会被人打死的。我只好再安慰安慰她，说我可以带信给他，叫他回家来看她。我看到她那一凹一凹的干瘪的嘴旁又浮起了微笑。旁边看的人，一听到她又说这一套，早走到柳荫下看牛去了。我打发她走回家去，仍然让沉默笼罩着这正午的场。

这样也终于没能延长多久，在由一个乡间的阴阳先生按着什么天干地支找出的所谓"好日子"的一天，我从早晨就穿了白布袍子，听着一个人的暗示。他暗示我哭，我就伏在地上咧开嘴号啕地哭一阵，正哭得淋漓的时候，他忽然暗示我停止，我也只好立刻收了泪。在收了泪的时候，就又可以从泪光里看来来往往的各样的吊丧的人，也就号啕过几场，又被一个人牵着东走西走。跪下又站起，一直到自己莫名其妙，这才看到有几十个人去抬母亲的棺材了……这里，我不愿意，实在是不可能，说出我看到母亲的棺材被人抬动时的心痛。以前母亲的棺材在屋里，虽然死仿佛离我很远，但只隔一层木板，里面就躺着母亲。现在却被抬到深的永恒黑暗的洞里去了。我脑筋有点糊涂。跟了棺材沿着坑走过了一段长长的路，到了墓地。又被拖着转了几个圈子……不知怎样脑筋一闪，却已经给人拖到家里来了。又像我才到家时一样，渐渐听到四周有嘈杂的人声围绕着我，似乎又在说着同样的话。过了一会儿，我才听到有许多人都说着同样的话，里面夹杂着絮絮的扯不断拉不断的仿佛念咒似的低语。我听出是这老妇人的声音，但却听不清她说的是什么，也看不到她那一凹一凹的嘴了。

在我清醒了以后，我看到的是一个变过的世界。尘封的屋里，没有了黑亮的木匣子。我觉得一切都空虚寂寞。屋外的天井里，残留在树上的一点浮翠也消失到不知哪儿去了。草已经都转成黄色，耸立在墙头上，在秋风里打战。墙外一片黄土的墙更黄；黄土的屋顶，黄土的街道也更黄；尤其黄的是枣树林里的一片黄雾，接连着更黄更黄的阴沉的秋的长天。但顶黄顶阴沉的却仍然是我的心。一个对一切都感到空虚和寂寞的人，不也正该丢掉希望和幻影吗？

又走近了我的行期。在空虚和寂寞的心上，加上了一点绵绵的离情。我想到就要离开自己漂泊的心所寄托的故乡。以后，闻不到土的香味，看不到母亲住过的屋子、母亲的墓，也踏不到母亲曾经踏过的地。自己心里说不出是什么味。在屋里觉得窒息，我只好出去走走。沿着屋后的大坑踱着。看银耀的芦花在过午的阳光里闪着光，看天上的流云，看流云倒在水里的影子。一切又都这样静。我看到这老妇人从穿过芦花丛的一条小路上走了来。霜白的乱发，衬着霜白的芦花，一片辉耀的银光。极目苍茫微明的云天在她身后伸展出去，在云天的尽头，还可以看到一点点的远村。这次没有领着她的孙子。神气也有点匆促，但掩不住干皱的面孔上的喜悦。手里拿着有一点红颜色的东西,递给我,是一封信。除了她儿子的信以外,她从没接到过别人的信。所以,她虽然不认字,也可以断定这是她儿子的信,因为村里人没有能念信的,于是赶来找我。她站在我面前,脸上充满了微笑;红肿的眼里也射出喜悦的光,瘪了进去的嘴仍然一凹一凹地动着,但却没有絮絮的仿佛念咒似的低语了。信封上的红线因为淋过雨扩成淡红色的水痕。看邮戳,却是半年前在河南南部一个做过战场的县城里寄出的。地址也没写对,所以经过许多时间的辗转,但也居然能落到这老妇人手里。我的空虚的心里,也因了这奇迹,有了点生气。拆开看,寄信人却不是她儿子,是另一个同村的跑去当兵的。大意说,她儿子已经阵亡了,请她找一个人去运回他的棺材……我的手战栗起来。这不正给这老妇人一个致命的打击吗?我抬眼又看到她脸上抑压不住的微笑。我知道这老人是怎样切望得到一个好消息。我也知道,倘若我照实说出来,会有怎样一幅悲惨的景象展开在我眼前。我只好对她说,她儿子现在很好,已经升了官,不久就可以回家来看她。她欢喜得流下眼泪来,嘴一凹一凹地动着,她又扯不断拉不断地絮絮地对我说起来。不厌其详地说到她儿子各样的好处,怎样她昨天夜里还做了一个梦,梦着他回来。我看到这老妇人把信揣在怀里转身走去的渐渐消失的背影,我再能说什么话呢?

第二天,我便离开我故乡里的小村。临走,这老妇人又来送我。领着她的孙子,脸上堆满了笑意。她不管别人在说什么话，总絮絮地扯不断拉不断地仿佛念咒似的自己低语着。不厌其详地说到她儿子的好处，怎样她昨天夜里还做了一个梦，梦见她儿子回来，她儿子已经升成了官了。嘴一凹一凹地急促地动着。我身旁的送行人的脸色渐渐有点露出不耐烦，有的也就躲开了。我偷偷地把这信的内容告诉别人，叫他在我走了以后慢慢地转告给这老妇人，或者直接就不告诉她。因为，我想，好在她不会再有许多年的活头，让她抱住一个希望到坟墓里去吧。当我离开这小村的一刹那，我还看到这老妇人的眼睛里的喜悦的光辉，干皱的面孔上浮起的微笑……

不一会儿，回望自己的小村，早在云天苍茫之外，触目尽是长天下一片凄凉的黄雾了。

在颠簸的汽车里，在火车里，在驴车里，我仍然看到这圣洁的光辉，圣洁的微笑，那老妇人手里拿着那封信。我知道，正像装走了母亲的大黑匣子装走了我的希望和幻影，这封信也装走了她的希望和幻影。我却又把这希望和幻影替她拴在上面，虽然不知道能拴得久不。

经过了萧瑟的深秋，经过了阴暗的冬，看死寂凝定在一切东西上。现在又来了春天。回想故乡的小村，正像在故乡里回想到故都一样。恍如回望云天里的仙阙，又像捉住了一个荒诞的古代的梦了。这个老妇人的面孔总在我眼前盘桓：干皱的面纹，霜白的乱发，眼睛因为流泪多了镶着红肿的边，嘴瘪了进去。又像看到她站在我面前，絮絮地扯不断拉不断地仿佛念咒似的低语着，嘴一凹一凹地在动。先仿佛听到她向我说，她儿子小的时候怎样淘气，怎样有一次他摔碎了一个碗，她打了他一巴掌，他哭。又仿佛看到她手里拿着一封雨水渍过的信，脸上堆满了微笑，说到她儿子的好处，怎样她做了一个梦，梦着他回来……然而，我却一直没接到故乡里的来信。我不知道别人告诉她她儿子已经死了没有，倘若她仍然不知道的话，她愿意把自己的喜悦说给别人，却没有人愿意听。没有我这样一个忠实的听者，她不感到寂寞吗？倘若她已经知道了，我能想象，大的晶莹的泪珠从干皱的面纹里流下来，她这瘪了进去的嘴一凹一凹的，她在哭，她又哭晕了过去……不知道她现在还活在人间没有……我们同样都是被噩运踏在脚下的苦人，当悲哀正在啃着我的心的时候，我怎忍再看你那老泪浸透你的面孔呢？请你不要怨我骗你吧，我为你祝福！

一九三四年四月一日

回家

从医院里捡回来了一条命,终于带着它回家来了。

由于自己的幼稚、固执、迷信"疥癣之疾"的说法,竟走到了上阎王爷那里去报到的地步。也许是因为文件盖的图章不够数,或者红包不够丰满,被拒收,又溜达回来,住进了三〇一医院。这一所医德、医术、医风三高的医院,把性命奇迹般地还给了我,给了我一次名副其实的新生。

现在我回家来了。

什么叫家?以前没有研究过。现在忽然提了出来,仍然是回答不上来。要说家是比较长期居住的地方,那么,在欧洲游荡了几百年的吉卜赛人住在流动不居的大车上,这算不算家呢?

我现在不想仔细研究这种介乎形而上学和形而下学之间的

学问，还是让我从医院说起吧。

这一所医院是全国著名的，称之为超一流，是完全名副其实的。我相信，即使最爱挑剔的人也绝不会挑出什么毛病来。从医疗设备到医生水平，到病房的布置，到服务态度，到工作效率，等等，无不尽如人意。就是这样一个地方，我初搬入的时候，心情还浮躁过一阵，我想到我那在燕园垂杨深处的家，还有我那盈塘的季荷和小波斯猫。但是住过一阵之后，我的心情平静了，我觉得住在这里就像是住在天堂乐园里一般。一个个穿白大褂的护士小姐都像是天使，幸福就在这白色光芒里闪烁。我过了一段十分愉快的生活。约摸一个月以后，病情已经快达到了痊愈的程度。虽然我的生活仍然十分甜美，手脚上长出来的丑类已经完全消灭，笔墨照舞照弄不误，我的心情却无端又浮躁起来。我想到，此地"信美非吾土"。我又想到了我那盈塘的季荷和小波斯猫。我要回家了。

回到朗润园的时候，已是黄昏时分。韩愈诗："黄昏到寺蝙蝠飞。"我现在是"黄昏到园蝙蝠飞"。空中确有蝙蝠飞着。全园还没有到灯火辉煌的程度。在薄暗中，盈塘荷花的绿叶显不出绿色，只是灰蒙蒙的一片。独有我那小波斯猫，不知是从什么地方窜了出来，坐下惊愕了一阵，认出了是我，立即跳了上来，在我的两腿间蹭来蹭去，没完没了。它好像是要说："老伙计呀！你可是到哪里去了？叫我好想呀！"我一进屋，它立即跳到我的怀里，无论如何，也不离开。

第二天早晨，我照例四点多起床。最初，外面还是一片黢黑，什么东西也看不清。不久，东方渐渐白了起来，天蒙蒙亮了。早晨锻炼的人开始出来了。一个穿红衣服的小伙子跑步向西边去了。接着就从西边走来了那一位挺着大肚子的中年妇女，跟在后面距离不太远的是那一位寡居的教授夫人。这些人都是我天天早上必先见到的人物，今天也不例外。一恍神，我好像根本没有离开过这里。在医院里的四十六天，好像在宇宙间根本没有存在过，在时间上等于一个零。

等到天光大亮的时候，我仔细观察我的季荷。此时，绿盖满塘，浓碧盈空，看了令人精神为之一振。"心有灵犀一点通"，中国人相信人心是能相通的。我现在却相信，荷花也是有灵魂的，它与人心也能相通的。我的荷花掐指一算，我今年当有新生之喜；于是憋足了劲要大开一番，以示庆祝。第一朵花正开在我的窗前，是想给我一个信号。孤零零的一大朵红花，朝开夜合，确实带给了我极大的欢悦。可是荷花万没有想到——连我自己都没有想到嘛，我突然住进了医院。听北大到医院来看我的人说，荷花先是一朵，后是几朵，再后是十几朵，几十朵，上百朵，超过一百朵，开得盈塘盈池，红光照亮了朗润园，成了燕园中一道亮丽的风景线。可惜我在医院里不能亲自欣赏，只有躺在那里玄想了。

我把眼再略微抬高了一点，看到荷塘对岸的万众楼，依然雕梁画栋，金碧辉煌。楼名是我题写的。因为楼是西向的，我记得过去只有在夕阳返照中才能看清楚那三个金光闪闪的大字。今天,朝阳从楼后升起,楼前当然是黑的;但不知什么东西把阳光反射了回去,那三个大字正处在光环中,依然金光闪闪。这是极细微的小事,但是,我坐在这里却感到有无穷的逸趣。

与万众楼隔塘对峙的是一座小山,出我的楼门,左拐走十余步就能走到。记得若干年前,一到深秋,山上的树丛叶子颜色一变,地上的草一露枯黄相,就给人以萧瑟凄清的感觉,这正是悲秋的最佳时刻。后来栽上了丰花月季,据说一年能开花十个月。[1] 前几年,一个初冬,忽然下起了一场大雪。小山上的树枝都变成了赤条条毫无牵挂。长在地上的东西都被覆盖在一片茫茫的白色之下。令我吃惊的是,我瞥见一枝月季,从雪中挺出,顶端开着一朵小花,鲜红浓艳,傲雪独立。它仿佛带给我了灵感,带给我了活力,带给我了无穷无尽的希望。我一时狂欢不能自禁。

小山上,树木丛杂,野草遍地,是鸟类的天堂。当前全世界人口爆炸,人与鸟兽争夺生存空间。燕园这一大片地带,如果从空中往下看的话,一定是一片浓绿,正是鸟类所垂青的地方。因此,这里的鸟类相对来说是比较多的。每天早晨,最先出现的往往是几只喜鹊,在山上塘边树枝间跳来跳去,兴高采烈。接着出场的是成群的灰喜鹊,也是在树枝间蹦蹦跳跳,兴

---

[1] 丰花月季的花期是四月到十月。

高采烈。到了春天,当然会有成群的燕子飞来助兴。此时,啄木鸟也必然飞来凑趣,把古树敲得砰砰作响,好像要给这一场万籁齐鸣的音乐会敲起鼓点。空中又响起了布谷鸟清脆的鸣声,由远到近,又由近到远,终于消逝在太空中。我感到遗憾的是,以前每天都看到乌鸦从城里飞向远郊,成百,上千,黑压压一片。今天则片影无存了。我又遗憾见不到多少麻雀。二十世纪五十年代被无端定为四害之一的麻雀,曾被全国人民群起而攻之,酿成了举世闻名的闹剧。现在则濒于灭绝。在小山上偶尔见到几只,灰头土脑,然而却惊为奇宝了。

幼时读唐诗,读了"西塞山前白鹭飞""两个黄鹂鸣翠柳,一行白鹭上青天",曾向往白鹭上青天的境界,只是没有亲眼看见过。一直到一九五一年访问印度,曾在从加尔各答乘车到国际大学的路上,在一片浓绿的树木和荷塘上面的天空里,才第一次看到白鹭上青天的情景,顾而乐之。第二次见到白鹭是在前几年游广东佛山的时候。在一片大湖的颇为遥远的对岸上绿树成林,树上都开着白色的大花朵。最初我真以为是花。然而不久却发现,有的花朵竟然飞动起来,才知道不是花朵而是白鸟。我又顾而乐之。其实就在我入医院前不久,我曾瞥见一只白鸟从远处飞来,一头扎进荷叶丛中,不知道在里面鼓捣了些什么,过了许久,又从另一个地方飞出荷叶丛,直上青天,转瞬就消逝得无影无踪了。我难道能不顾而乐之吗?

现在我仍然枯坐在临窗的书桌旁边,时间是回家的第二天早上。我的身子确实没有挪窝,但是思想却活跃异常。我想到过去,想到眼前,又想到未来,甚至神驰万里想到了印度。时序虽已是深秋,但是我的心中却仍是春意盎然。我眼前所看到的,脑海里所想到的东西,无一不笼罩上一团玫瑰般的嫣红,无一不闪出耀眼的光芒。记得小时候常见到贴在大门上的一副对联:"万物静观皆自得,四时佳兴与人同"。现在朗润园中的万物——鸟兽虫鱼,花草树木,无不自得其乐。连这里的天都似乎特别蓝,水都似乎特别清。眼睛所到之处,无不令我心旷神怡;思想所到之处,无不令我逸兴遄飞。我真觉得,大自然特别可爱,生命特别可爱,人类特别可爱,一切有生无生之物特别可爱,祖国特别可爱,宇宙万物无有不可爱者。欢喜充满了三千大千世界。

现在我十分清醒地意识到,我是带着捡回来的新生回家来了。

我的家是一个温馨的家。

二〇〇二年十月十四日

寻梦

夜里梦到母亲,我哭着醒来。醒来再想捉住这梦的时候,梦却早不知道飞到什么地方去了。

我瞪大了眼睛看着黑暗,一直看到只觉得自己的眼睛在发亮。眼前飞动着梦的碎片,但当我想把这些梦的碎片捉起来凑成一个整体的时候,连碎片也不知道飞到什么地方去了。眼前剩下的就只有母亲依稀的面影……

在梦里向我走来的就是这面影。我只记得,当这面影才出现的时候,四周灰蒙蒙的,母亲仿佛从云堆里走下来。脸上的表情有点同平常不一样,像笑,又像哭。但终于向我走来了。

我是在什么地方呢?这连我自己也有点弄不清楚。最初我觉得自己是在现在住的屋子里。母亲就这样一推屋角上的小门,走了进来。橘黄色的电灯罩的穗子就罩在母亲头上。于是我又想了开去，想到哥廷根的全城：我每天去上课走过的两旁有惊人地粗的橡树和古旧的城墙，斑驳陆离的灰黑色的老教堂，教堂顶上的高得有点古怪的尖塔，尖塔上面的晴空。

然而，我的眼前一闪，立刻闪出一片芦苇，芦苇的稀薄处还隐隐约约地射出了水的清光。这是故乡里屋后面的大苇坑。于是我立刻觉到，不但我自己是在这苇坑的边上，连母亲的面影也是在这苇坑的边上向我走来了。我又想到，当我童年还没有离开故乡的时候，每个夏天的早晨，天还没亮，我就起来，沿了这苇坑走去，很小心地向水里面看着。当我看到暗黑的水面下有什么东西在发着白亮的时候，我伸下手去一摸，是一只白而且大的鸭蛋。我写不出当时快乐的心情。这时再抬头看，往往可以看到对岸空地里的大杨树顶上正有一抹淡红的朝阳——两年前的一个秋天，母亲就静卧在这杨树的下面，永远地，永远地。现在又在靠近杨树的坑旁看到她生前八年没见面的儿子了。

但随了这苇坑闪出的却是一枝白色灯笼似的小花，而且就在母亲的手里。我真想不出故乡里什么地方有过这样的花。我终于又想了回来，想到哥廷根，想到现在住的屋子，屋子正中的桌子上，两天前房东曾给摆上这样一瓶花。那么，母亲毕竟是到哥廷根来过了，梦里的我也毕竟在哥廷根见过母亲了。

想来想去，眼前的影子渐渐乱了起来。教堂尖塔的影子套上了故乡的大苇坑。在这不远的后面又现出一朵朵灯笼似的白花。在这一些的前面若隐若现的是母亲的面影。我终于也不知道究竟在什么地方看到母亲了。我努力压住思绪，使自己的心静了下来，窗外立刻传来潺潺的雨声，枕上也觉得微微有寒意。我起来拉开窗幔，一缕清光透进来。我向外怅望，希望发现母亲的足踪。但看到的却是每天看到的那一排窗户，现在都沉在静寂中，里面的梦该是甜蜜的吧！

但我的梦却早飞得连影都没有了，只在心头有一线白色的微痕，蜿蜒出去，从这异域的小城一直到故乡大杨树下母亲的墓边；还在暗暗地替母亲担着心：这样的雨夜怎能跋涉这样长的路来看自己的儿子呢？此外，眼前只是一片空蒙，什么东西也看不到了。

天哪！连一个清清楚楚的梦都不给我吗？我怅望灰天，在泪光里，幻出母亲的面影。

一九三六年七月十一日于哥廷根

夜来香开花的时候

夜来香开花的时候,我想到王妈。我不能忘记,在我刚走出童年的几年中,不知道有几个夏夜里,当闷热渐渐透出了凉意,我从飘忽的梦境里转来的时候,往往可以看到窗纸上微微有点白;再一沉心,立刻就有嗡嗡的纺车的声音,混着一阵阵的夜来香的幽香,流了进来。倘若走出去看的话,就可以看到,一盏油灯放在夜来香丛的下面,昏黄的灯光照彻了小院,把花的高大支离的影子投在墙上,王妈坐在灯旁纺着麻,她的黑而大的影子也被投在墙上,合了花的影子在晃动着。

她是老了。我不知道她什么时候到我们家里来的。当我从故乡里来到这个大都市的时候,我就看到她已经在我们家里来来往往地做着杂事。那时,已经似乎很老了。对我,从那时到现在,是从莫名其妙的朦胧里渐渐走向光明里的一段。最初,我看到一切事情都像隔了一层薄纱。虽然到现在这层薄纱也没能撤去，但渐渐地却看到了一点光亮，于是有许多事情就不能再使我糊涂。就在这从朦胧到光亮的一段里，我们搬过两次家。第一次搬到一条歪曲铺满了石头的街上，王妈也跟了来。房子有点旧，墙上满是雨水的渍痕。只有一个窗子的屋里白天也是暗沉沉的。我童年的大部分的时间就在这黑暗的屋里消磨过去。院子里每一块土地都印着我的足迹。现在我还能清晰地记起来屋顶上在秋风里颤抖的小草，墙角檐下挂着的蛛网。但倘若笼统想起来的话，就只剩一团苍黑的印象了。

倘若我的记忆可靠的话，在我们搬到这苍黑的房子里第二年的夏天，小小的院子里就有了夜来香。当时颇有一些在一起玩的小孩，往往在闷热的黄昏时候聚在一块，仰卧在席上数着天空里飞来飞去的蝙蝠。但是最引我们注意的却是夜来香的黄花——最初只是一个长长的花苞，我们目不转睛地注视着它。还不开，还不开，蓦地一眨眼，再看时，长长的花苞已经开放成伞似的黄花了。在当时的心里，觉得这样开的花是一个奇迹。这花又毫不吝惜地放着香气。王妈也很高兴。每天她总把所有开过的花都数一遍。当她数着的时候，随时有新的花在一闪一闪地开放着。她眼花缭乱，数也数不清。我们看了她慌张而又用心的神情，不禁哄笑起来。就这样每一个黄昏都在奇迹和幽香里度过去。每一个夜跟着每一个黄昏走了来。在清凉的中夜里，当我从飘忽的梦境里转来的时候，就可以看到王妈的投在墙上的黑而大的影子在合着夜来香的影子晃动了。

就在这样一个环境里,我第一次觉到我的眼前渐渐地亮起来。以前我看王妈只像一个影子,现在我才发现她也同我一样地是一个活动的人。但是我仍然不明了她的身世。在小小的心灵里,我并想不到她这样大的年纪出来做佣工有什么苦衷;我只觉得她同我们住在一起,就是我们家里的一个人,她也应该同我们一样地快活。童稚的心岂能知道世界上还有不快活的事情吗?

在初秋的暴雨里,我看到她提着篮子出去买菜;在严冬大雪的早晨,我看到她点着灯起来生炉子。冷风把她手吹得红萝卜似的开了裂,露出鲜红的肉来。我永远忘不掉这两只有着鲜红裂口的手!她有自己的感情,自己的脾气,这些都充分表现出一个北方农民的固执与倔强。但我在黄昏的灯下却常听到她不时吐出的叹息了。我从小就是孤独的。在我小小的心里,一向感觉到缺少点什么。我虽然从没叹息过,但叹息却堆在我的心里。现在听了她的叹息,我的心仿佛得到被解脱的痛快。我愿意听这样的低咽的叹息从这垂老的人的嘴里流出来。在她不知因为什么闲下来的时候,也总爱找着我说话。她告诉我,她的丈夫是她村里唯一的秀才,但没能捞上一个举人就死去了。她自己被家里的妯娌们排挤,不得已才出来做佣工。有一个儿子,因为乡里没有饭吃,到关外做买卖去了。留下一个媳妇在这大城里,似乎也不大正经。她又告诉我,她年轻的时候,怎样刚强,怎样有本领,和许多别的美德;但谁又知道,在垂老的暮年又被迫着走出来谋生,只落得几声叹息呢?

以后,这叹息就时时可以听到。她特别注意到我衣服寒暖。在冬天里,她替我暖,在夏夜里,她替我用大芭蕉扇赶蚊子。她仍然照常地提着篮子出去买菜,冬天早晨用开了鲜红裂口的手生炉子。当夜来香开花的时候,又可以看到她郑重其事地数着花朵。但在不寐的中夜里,晚秋的黄昏里,却连续听到她的叹息,这叹息在沉寂里回荡着,更显得凄冷了。她仿佛时常有话要说。被追问的时候,却什么也不说,脸上只浮起一片惨笑。有时候有意与无意之间,又说到她年轻时候的倔强,她的秀才丈夫。往往归结说到她在关外做买卖的儿子。我们都可以看出来,这老人怎样把暮年的希望和幻想放在她儿子身上。我也曾替她写过几封信给她的儿子,但终于也没能得到答复。这老人心里的悲哀恐怕只有她一个人知道了。

不记得是哪一年,在夏天,又是夜来香开花的时候,她儿子来了信。信里说的,却并不像她想的那样满意,只告诉她,他在关外辛苦几年挣的钱都给别人骗走了;他因为生气,现在正病着。结尾说:"倘若母亲还要儿子的话,就请汇钱给我回家。"这样一封信给她怎样的影响,我们大概都可以想象得出。连着叹了几口气以后,她并没说什么话,但脸色却更阴沉了,这以后,没有叹气。我们只看到眼泪。

我前面不是说,我渐渐从朦胧里走向光明里去吗?现在我眼前似乎更亮了。我看透了一些事情：我知道在每个人嘴角常挂着的微笑后面有着怎样的冷酷，我看出大部分的人们都给同样黑暗的命运支配着。王妈就在这冷酷和黑暗的命运下呻吟着活下来。我看透了这老人的眼泪里有着无量的凄凉。我也了解了她的寂寞。

在这时候，我们又搬了一次家，只不过从这条铺满了石头的街的中间移到南头。王妈仍然跟了来。房子比以前好一点，再看不到四壁的雨痕和蜘蛛。每个屋子也都有了两个以上的窗子，而且窗子上还有玻璃。尤其使我满意的是西屋前面两棵高过房檐的海棠。时候大概是春天，因为才搬进来的时候，树上还开满着一团团的花。就在这一年的夏天，大概因为院子大了一点吧，满院里，除了一个大水缸养着子午莲、几十棵凤仙花和其他杂花以外，便只看到一丛丛的夜来香。我现在已经不是孩子，有许多地方要摆出安详的样子来，但在夏天的黄昏时候，却仍然做着孩子时候做的事情。我坐在院子里数着天上飞来飞去的蝙蝠。看着夜色慢慢织入夜来香丛里，一片朦胧的薄暗。一眨眼，眼前已经是一片黄黄的伞似的花了。跟着又有幽香流过来。夜里同蚊子打过了仗，好容易睡过去。各样的梦做过了以后，从飘忽的梦境里转来的时候，往往可以看到窗上有点白，听到嗡嗡的纺车的声音。走出去，就可以看到王妈的黑大的投在墙上的影子在合着夜来香的影子晃动了。

王妈更老了。但我仍然只看到她的眼泪。在她高兴的时候，她又谈到她的秀才丈夫,她的不大正经的儿媳妇和她病倒在关外的儿子。她仍然提着篮子出去买菜,冬天老早起来生炉子,从她走路的样子上看,她真有点老了,虽然她自己在别人说她老的时候还在竭力否认着。她有颗简单纯朴的心。因了年纪更大的关系,这颗心似乎就更纯朴简单。往往因为少得了一点所应得的东西,我们就可以看到她的干瘪了的嘴并拢在一起,腮鼓着。似乎要有什么话从里面流出来。然而在这样的情形下往往是没有什么流出的。倘若有人意外地给了她点什么,我们也可以意外地看到这老人从心里流出来的快意的笑了。她不会做荒唐的梦,极小的得失可以支配她的感情。她有一颗简单的心。

日子一天一天地过去,这寂寞的老人就在这寂寞里活下去。上天给了她一个爽直的性情,使她不会向别人买好,不会在应当转圈的时候转圈。因为这,在许多极琐碎的事情上,她给了别人一点小小的不痛快,她自己却得到一个更大的不痛快。这时候,我们就见她在把干瘪了的嘴并拢以后,又在暗暗地流着眼泪了。我们都知道,这眼泪并不像以前想到她儿子时的那眼泪那样有意义。这样的眼泪流多了,顶多不过表示她在应当流的泪以外,还有多余的泪,给自己一点轻松。泪流过了不久,就可以看到她高兴地在屋里来来往往地做着杂事了。她有一颗同孩子一样的简单的心。

在搬家过来以前,我已经到一个在城外的四面满是湖田和荷池的学校里去读书,就住在那里。只在星期日回家一次。在学校里死沉的空气里住过六天以后,到家里觉得仿佛到了另一个世界。进门先看到王妈的欢乐的微笑。等到踏着暮色走回去的时候,心里竟觉得意外地轻松。这样的情形似乎也延长不算很短的一个期间。虽然我自己的心情随时都有着变化,生活却显得惊人地单调。回看花开花落,听老先生沙着声念古文,拼命地在饭堂里抢馒首,感情冲动的时候,也热烈地同别人打架,时间也就慢慢地过去。

又忘记了是多少时候以后,是星期日,当时我从学校里走回家去的时候,我看到一个黄瘦的个儿很高的中年男子在替我们搬移着桌子之类的东西。旁人告诉我,这就是王妈的儿子。几个月以前她把储蓄了几年的钱都汇给他,现在他居然从关外回到家来了。但带回来的除了一床破棉被以外,就剩了一个有着几乎各类的一个他那样用自己的力量来换面包的中年人所能有的病的身子和一双连霹雳都听不到的耳朵。但终于是个活人,是她的儿子,而且又终于回到家里来了。

王妈高兴。在垂暮的老年,自己的独子,从迢迢的塞外回到她跟前来,这样奇迹似的遭遇怎能不使她高兴呢?说到儿子的身体和病,她也会叹几口气,但儿子终于是儿子,这叹息掩不过她的高兴的,不久,她那不大正经的媳妇也不知从哪里名正言顺地找了来,于是一个小家庭就组成了。儿子显然不能再干什么重劳力的活了,但是想吃饭除了劳力之外又似乎没有第二条路可走。在我第二个星期回到家里来的时候，就看到她那说话也需要打手势的儿子在咳嗽着一出一进地挑着满桶的水卖钱了。

这以后，对王妈，对我们家里的人，有一个惊人的大转变。从她那里，我们再听不到叹息，看不到眼泪，看到的只有微笑。有时儿子买了一个甜瓜或柿子，甚至几个小小的梨，拿来送给母亲吃。儿子笑，不说话；母亲也笑，更不说话。我们都可以看出来这笑怎样润湿了这老人的心。每逢过节，或特别日子的时候，儿子把母亲接回家去。当吃完儿子特别预备的东西走回来的时候，这老人脸上闪着红光。提着篮子买菜也更带劲，冬天早晨也更起得早。生命对她似乎是一杯香醪。她高兴地活下去，没有了寂寞，也没有了凄凉，即便再说到她丈夫的时候，也只有含着笑骂一声："早死的死鬼！"接着就兴高采烈地夸起自己年轻时的美德来了。我们都很高兴。我们眼看着这老人用手捉住自己的希望和幻想。辛勤了几十年，现在这希望才在她心里开成了花。

日子又平静地过下去。微笑似乎没离开过她。这老人正做着一个天真的梦。就这样差不多过了一年的时间。中间我还在家里住了一个暑假，每天黄昏时候，躺在院子里的竹床上，数着天上的蝙蝠。夜来香每天照例一闪便开了。我们欣赏着花的香，王妈更起劲地像煞有介事似的数着每天开过的花。但在暑假过了以后，当我再每星期日从学校里走回家来的时候，我看到空气似乎有点不同。从王妈那里我又常听到叹息了。她又找着我说话,她告诉我,儿子常生病,又聋。虽然每天拼命挑水,在有点近于接受别人恩惠的情形下接了别人的钱,却连肚皮也填不饱。这使他只有更拼命,然而结果,在已经有了的病以外,又添了其他可能的新病。儿媳妇也学上了许多新的——譬如喝酒抽烟之类的毛病。她丈夫自然不能满足她;凭了自己的机警,公然在她丈夫面前同别人调情,而且又进一步姘居起来了。这老人早起晚睡侍候别人颜色挣来的钱,以前是被严谨地锁在一个箱子里的,现在也慢慢地流出来,换成面包,填充她儿子的肚皮了。她为儿子的病焦灼,又生媳妇的气,却没办法。这有一颗简单的心的老人只好叹息了。

儿子病的次数加多起来,而且也厉害起来。在很短的期间,这叹息就又转成眼泪了。以前是因为有幻想和希望而不能捉到才流泪,现在眼看着幻想和希望要在自己手里破碎,这泪当然更沉痛了。我虽然不常在家里,但常听人们说到,每次她从儿子那里回来的时候,总带回来惊人多的叹息和眼泪。问起来,她就说到儿子怎样病,几天不能挑水,柴米没有,媳妇也不知道跑到什么地方去了。于是在静寂的中夜里,就又常听到她低咽的暗泣。她现在再也没有心绪谈到她的秀才丈夫,夸耀自己年轻时的美德。处处都表示出衰老的样子。流泪成了日常的工作,泪也终于流不完。并没延长了多久,她有了病,眼也给一层白膜障上了。她说,她不想死。真的,随处都表示出,她并不想死。她请医生，用大葱叶包起七个活着的蜘蛛生吞下去，以及一切的偏方正方。为了自己的身子，她几乎忘掉了一切。大约有几个月以后吧，身子好了，却只剩下了一只眼。

她更显得衰老了。腰佝偻着，剩下的一只眼似乎也没有什么大用。走路的时候，只是用手摸索着走上去。每次我看她拿重一点的东西而曲着背用力的时候，看到她从儿子那里回来含着泪慢慢地踱进自己的幽暗的小屋里去的时候，我真想哭。虽然失掉一只眼睛，但并没有失掉了固有的性情，她仍然倔强，仍然不会买好，不会在应当转圈的时候转圈；也就仍然常常碰到点小不痛快，流两次无所谓的眼泪。她同以前一样，有着一颗简单又纯朴的心。

四年前，为了一个近于荒诞的理想，我从故乡来到这辽远的故都里。我看到的自然是另一个新的世界，但这世界却不能吸引着我；我时常想到王妈，想到她数夜来香的神情，想到她红萝卜似的开了鲜红裂口的手。第一年寒假回家的时候，迎着我的是她的欢迎的微笑。只有我了解她这笑是怎样勉强做出来的。前年的冬天，我又回家去。照例一阵微微的晕眩以后，我发现家里少了一个人，以前笑着欢迎我的王妈到哪里去了呢？问起来，才知道这老人已经回老家去了。在短短的半年里，她又遭遇到许多不如意的事情。因为看到放在儿子身上的希望和幻想渐渐渺茫起来，又因为自己委实有点老了，于是就用勉强存起来的一点钱在老家托人买了一口棺材。这老人已经看透了自己一生不过是这么回事；趁着没死的时候，预备点东西，过一个痛快的死后的生活吧。但这口棺材却毫无理由地被她一个先死去的亲戚占去了。从年轻时候守节受苦，到垂老的暮年出来做佣工，辛苦了一生，老把自己的希望和幻想拴在儿子身上，结果是幻灭；好容易自己又制了一个死后的美丽的梦，现在又给打碎了。她不懂怎样去诉苦，也没人可诉。这颗经了七十年痛创的简单又纯朴的心能容得下这些破损吗？她终于病倒了。

正要带着儿子和媳妇回老家去养病的时候，儿子竟然经不起病的摧折死去了。我不忍去想象，悲哀怎样啮着这老人的心。她终于回了家。我们家里派了一个人去送她。临走的时候，她还带着恳乞的神气说："只要病好了，我还回来。"生命的火还在她心里燃烧着，她不想死的。在严冬的大风雪里，在灰暗的长天下，坐在一辆独轮小车上，一个垂老的人，带了自己独子的棺材，带了一个艰苦地追求了一辈子而终于得到的大空虚，带了一颗碎了的心，回到自己的故乡里去，把一切希望和幻想都抛到后面，人们大概总能想象到这老人的心情吧！我知道会有种种的幻影在她眼前浮掠，她会想到过去自己离开家时的情景，然而现在眼前明显摆着的却是一个不可避免的黑洞，一切就都归到这洞里去。车走上一个小木桥的时候，忽然翻下河去，这老人也被倾到水里。被人捞上来的时候，浑身都结了冰。她自己哭了，别人也都哭起来。人生到这样一个地步，还有什么话可以说呢？这纯朴的老人也不能不咒骂自己的命运了。

　　我不忍去想象，她怎样在那穷僻的小村里活着的情形。听人说，剩下的一只眼睛也哭得失了明。自己的房子已经卖给别人，只好借住在亲戚家里。一闭眼，我就仿佛能看到她怎样躺到床上呻吟，但没有人去理会她；她怎样起来沿着墙摸索着走，她怎样呼喊着老天。她的红萝卜似的开了裂口流着红血的手在我眼前颤动……以前存的钱一个也没能剩下，她一定会回忆到自己困顿的一生，受尽人们的唾弃，老年也还免不了早起晚睡侍候别人的颜色；到死却连自己一点无论怎样不能成为希望和幻想的希望和幻想都一个不剩地破碎了去。过去的黑影沉重地压在她心头。人到欲哭无泪的地步，还有什么话可说呢？我听不到她的消息，我只有单纯地有点近于痴妄地希望着，她能好起来，再回到我们家里去。

　　但这岂是可能的呢？第二年暑假我回家的时候，就听人说，王妈死了。我哭都没哭，我的眼泪都堆在心里，永远地。现在我的眼前更亮，我认识了怎样叫人生，怎样叫命运——小小的院子里仍然挤满了夜来香。黄昏里我仍然坐在院子里的竹床上，悲哀沉重地压住了我的心。我没有心绪再数蝙蝠了。在沉寂里，夜来香自己一闪一闪地开放着，却没有人再去数它们。半夜里，当我再从飘忽的梦境里转来的时候，看不到窗上的微微的白光，也再听不到嗡嗡的纺车的声音，自然更看不到照在四面墙上的黑而大的影子在合着历乱的枝影晃动。一切都死样地沉寂。我的心寂寞得像古潭。第二天早晨起来的时候，整夜散放着幽香的夜来香的伞似的黄花枝枝都枯萎了。没了王妈，夜来香哪能不感到寂寞呢？

一九三五年

一条老狗

自己也不知道是什么原因,我总会不时想起一条老狗来。在过去七十年的漫长的时间内,不管我是在国内,还是在国外,不管我是在亚洲、在欧洲、在非洲,一闭眼睛,就会不时有一条老狗的影子在我眼前晃动,背景是在一个破破烂烂的篱笆门前,后面是绿苇丛生的大坑,透过苇丛的疏隙处,闪亮出一片水光。

这究竟是怎么一回事呢?

无论用多么夸大的词句,也决不能说这一条老狗是逗人喜爱的。它只不过是一条最普普通通的狗,毛色棕红,灰暗,上面沾满了碎草和泥土,在乡村群狗当中,无论如何也显不出一点特异之处,既不凶猛,又不魁梧。然而,就是这样一条不起眼的狗却揪住了我的心,一揪就是七十年。

因此,话必须从七十年前说起。当时我还是一个不谙世事的毛头小伙子,正在清华大学读西洋文学系二年级。能够进入清华园,是我平生最满意的事情,日子过得十分惬意。然而,好景不长。有一天,是在秋天,我忽然接到从济南家中打来的电报,只有四个字:"母病速归。"我仿佛是劈头挨了一棒,脑筋昏迷了半天。我立即买好了车票,登上开往济南的火车。

我当时的处境是,我住在济南叔父家中,这里就是我的家,而我母亲却住在清平官庄的老家里。整整十四年前,我六岁的那一年,也就是一九一七年,我离开了故乡,也就是离开了母亲,到济南叔父处去上学。我上一辈共有十一位叔伯兄弟,而男孩却只有我一个。济南的叔父也只有一个女孩,于是,在表面上我就成了一个宝贝蛋。然而真正从心眼里爱我的只有母亲一人,别人不过是把我看成能够传宗接代的工具而已。这一层道理一个六岁的孩子是无法理解的。可是离开母亲的痛苦我却是理解得又深又透的。到了济南后第一夜,我生平第一次不在母亲怀抱里睡觉,而是孤身一个人躺在一张小床上,我无论如何也睡不着,我一直哭了半夜。这是怎么一回事呀!为什么把我弄到这里来了呢?"可怜小儿女,不解忆长安。"母亲当时的心情,我还不会去猜想。现在追忆起来,她一定会是肝肠寸断,痛哭绝不止半夜。现在,这已成了一个万古之谜,永远也不会解开了。

从此我就过上了寄人篱下的生活。我不能说,叔父和婶母不喜欢我,但是,我唯一被喜欢的资格就是我是一个男孩。对不是亲生的孩子同自己亲生的孩子,感情必然有所不同,这是人之常情，用不着掩饰，更用不着美化。我在感情方面不是一个麻木的人，一些细微末节，我体会极深。常言道，没娘的孩子最痛苦。我虽有娘，却似无娘，这痛苦我感受得极深。我是多么想念我故乡里的娘呀！然而，天地间除了母亲一个人外有谁真能了解我的心情我的痛苦呢？因此，我半夜醒来一个人偷偷地在被窝里吞声饮泣的情况就越来越多了。

在整整十四年中，我总共回过三次老家。第一次是在我上小学的时候，为了奔大奶奶之丧而回家的。大奶奶并不是我的亲奶奶，但是从小就对我疼爱异常。如今她离开了我们，我必须回家，这似乎是天经地义的事情。这一次我在家只住了几天，母亲异常高兴，自在意中。第二次回家是在我上中学的时候，原因是父亲卧病。叔父亲自请假回家，看自己共过患难的亲哥哥。这次在家住的时间也不长。我每天坐着牛车，带上一包点心，到离我们村相当远的一个大地主兼中医的村里去请他，到我家来给父亲看病，看完再用牛车送他回去。路是土路，坑洼不平，牛车走在上面，颠颠簸簸，来回两趟，要用去差不多一整天的时间。至于医疗效果如何呢？那只有天晓得了。反正父亲的病没有好，也没有变坏。叔父和我的时间都是有限的，我们只好先回济南了。过了没多久，父亲终于走了。十一叔到济南来接我回家。这是我第三次回家，同第一次一样，专为奔丧。在家里埋葬了父亲，又住了几天。现在家里只剩下了母亲和二妹两个人。家里失掉了男主人，一个妇道人家怎样过那种只有半亩地的穷日子，母亲的心情怎样，我只有十一二岁，当时是难以理解的。但是，我仍然必须离开她到济南去继续上学。在这样万般无奈的情况下，但凡母亲还有不管是多么小的力量，她也决不会放我走的。可是，她连一丝一毫的力量也没有。她一字不识，一辈子连个名字都没有能够取上，做了一辈子"季赵氏"。到了今天，父亲一走，她怎样活下去呢？她能给我饭吃吗？不能的，决不能的。母亲心内的痛苦和忧愁，连我都感觉到了。最后，她只能眼睁睁地看着自己最亲爱的孩子离开了自己，走了，走了。谁会知道，这是她最后一次看到自己的儿子呢？谁会知道，这也是我最后一次见到母亲呢？

回到济南以后，我由小学而初中，由初中而高中，由高中而到北京来上大学，在长达八年的过程中，我由一个混混沌沌的小孩子变成了一个青年人，知识增加了一些，对人生了解得也多了不少。对母亲当然仍然是不断想念的。但在暗中饮泣的次数少了，想的是一些切切实实的问题和办法。我梦想，再过两年，我大学一毕业，由于出身一个名牌大学，抢一只饭碗是不成问题的。到了那时候，自己手头有了钱，我将首先把母亲迎至济南。她才四十来岁，今后享福的日子多着哩。

可是我这一个奇妙如意的美梦竟被一张"母病速归"的电报打了个支离破碎。我现在坐在火车上，心惊肉跳，忐忑难安。哈姆雷特问的是：to be or not to be[1]，我问的是母亲是病了，还是

---

[1] 意为：生存还是毁灭。

走了？我没有法子求签占卜，可我又偏想知道个究竟，我于是自己想出了一套占卜的办法。我闭上眼睛，如果一睁眼我能看到一根电线杆，那母亲就是病了；如果看不到，就是走了。当时火车速度极慢，从北京到济南要走十四五个小时。就在这样长的时间内，我闭眼又睁眼反复了不知多少次。有时能看到电线杆，则心中一喜；有时又看不到，心中则一惧。到头来也没能得出一个肯定的结果。我到了济南。

到了家中，我才知道，母亲不是病了，而是走了。这消息对我真如五雷轰顶，我昏迷了半响，躺在床上哭了一天，水米不曾沾牙。悔恨像大毒蛇直刺入我的心窝。在长达八年的时间内，难道你就不能在任何一个暑假内抽出几天时间回家看一看母亲吗？二妹在前几年也从家乡来到了济南，家中只剩下母亲一个人，孤苦伶仃，形单影只，而且又缺吃少喝，她日子是怎么过的呀！你的良心和理智哪里去了？你连想都不想一下吗？你还能算得上是一个人吗？我痛悔自责，找不到一点能原谅自己的地方。我一度想到自杀，追随母亲于地下。但是，母亲还没有埋葬，不能立即实行。在极度痛苦中我胡乱诌了一副挽联：

一别竟八载，多少次倚闾怅望，眼泪和血流，迢迢玉宇，高处寒否？

为母子一场，只留得面影迷离，入梦浑难辨，茫茫苍天，此恨曷极！

对仗谈不上，只不过想聊表我的心情而已。

叔父婶母看着苗头不对，怕真出现什么问题，派马家二舅陪我还乡奔丧。到了家里，母亲已经成殓，棺材就停放在屋子中间。只隔一层薄薄的棺材板，我竟不能再见母亲一面，我与她竟是人天悬隔矣。我此时如万箭钻心，痛苦难忍，想一头撞死在母亲棺材上，被别人死力拽住，昏迷了半天，才醒转过来。抬头看屋中的情况，真正是家徒四壁，除了几只破椅子和一只破箱子以外，什么都没有。在这样的环境中，母亲这八年的日子是怎样过的，不是一清二楚了吗？我又不禁悲从中来，痛哭了一场。

现在家中已经没了女主人，也就是说，没有了任何人。白天我到村内二大爷家里去吃饭，讨论母亲的安葬事宜。晚上则由二大爷亲自送我回家。那时村里不但没有电灯，连煤油灯也没有。家家都点豆油灯，用棉花条搓成灯捻，只不过是有点微弱的亮光而已。有人劝我，晚上就睡在二大爷家里，我执意不肯。让我再陪母亲住上几天吧。在茫茫百年中，我在母亲身边只住过六年多，现在仅仅剩下了几天，再不陪就真正抱恨终天了。于是，二大爷就亲自提一个小灯笼送我回家。此时，万籁俱寂，宇宙笼罩在一片黑暗中，只有天上的星星在眨眼，仿佛闪出一丝光芒。全村没有一点亮光，没有一点声音。透过大坑里芦苇的疏隙闪出一点水光。走近破篱笆门时，门旁地上有一团黑东西，细看才知道是一条老狗，静静地卧在那里。狗们有没有思想，我说不准，但感情的确是有的。这一条老狗几天来大概是陷入困惑中——天天喂我的女主人怎么忽然不见了？它白天到村里什么地方偷一点东西吃，立即回到家里来，静静地卧在篱笆门旁。见了我这个小伙子，它似乎感到我也是这家的主人，同女主人有点什么关系，因此见到了我并不咬我，有时候还摇摇尾巴，表示亲昵。那一天晚上我看到的就是这一条老狗。

我孤身一个人走进屋内，屋中停放着母亲的棺材。我躺在里面一间屋子里的大土炕上，炕上到处是跳蚤，它们勇猛地向我发动进攻。我本来就毫无睡意，跳蚤的干扰更加使我难以入睡了。我此时孤身一人陪伴着一具棺材。我是不是害怕呢？不，一点也不。虽然是可怕的棺材，但里面躺的人却是我的母亲。她永远爱她的儿子，是人，是鬼，都决不会改变的。

正在这时候，在黑暗中，外面走进来一个人，听声音是对门的宁大叔。在母亲生前，他帮助母亲种地，干一些重活，我对他真是感激不尽。他一进屋就高声说："你娘叫你哩！"我大吃一惊：母亲怎么会叫我呢？原来宁大婶"撞客"了，撞着的正是我母亲。我赶快起身，走到宁家。在平时这种事情我是绝对不会相信的，此时我却心慌意乱了。只听从宁大婶嘴里叫了一声："喜子呀！娘想你啊！"我虽然头脑清醒，然而却泪流满面。娘的声音,我八年没有听到了。这一次如果是从母亲嘴里说出来的,那有多好啊!然而却是从宁大婶嘴里,但是听上去确实像母亲当年的声音。我信呢,还是不信呢?你不信能行吗?我糊里糊涂地如醉似痴地走了回来。在篱笆门口,地上黑黢黢的一团,是那一条忠诚的老狗。

我又躺在炕上,无论如何也睡不着了,两只眼睛望着黑暗,仿佛能感到自己的眼睛在发亮。我想了很多很多,八年来从来没有想到的事,现在全想到了。父亲死了以后,济南的经济资助几乎完全断绝,母亲就靠那半亩地维持生活,她能吃得饱吗?她一定是天天夜里躺在我现在躺的这一个土炕上想她的儿子,然而儿子却音信全无。她不识字,我写信也无用。听说她曾对人说过:"如果我知道一去不回头的话,我无论如何也不会放他走的!"这一点我为什么过去一点也没有想到过呢?古人说:"树欲静而风不止,子欲养而亲不待。"现在这两句话正应在我的身上,我亲自感受到了;然而晚了,晚了,逝去的时光不能再追回了!"长夜漫漫何时旦?"我盼天赶快亮。然而,我立刻又想到,我只是一次度过这样痛苦的漫漫长夜,母亲却度过了将近三千次。这是多么可怕的一段时间啊!在长夜中,全村没有一点灯光,没有一点声音,黑暗仿佛凝结成为固体,只有一个人还瞪大了眼睛在玄想,想的是自己的儿子。伴随她的寂寥的只有一个动物,就是篱笆门外静卧的那一条老狗。想到这里,我无论如何也不敢再想下去了;如果再想下去的话,我不知道会出现什么样的情况。

母亲的丧事处理完,又是我离开故乡的时候了。临离开那一座破房子时,我一眼就看到那一条老狗仍然忠诚地趴在篱笆门口,见了我,它似乎预感到我要离开了,它站了起来,走到我跟前,在我腿上擦来擦去,对着我尾巴直摇。我一下子泪流满面,我知道这是我们的永别,我俯下身,抱住了它的头,亲了一口。我很想把它抱回济南,但那是绝对办不到的。我只好一步三回首地离开了那里,眼泪向肚子里流。

到现在这一幕已经过去了七十年,我总是不时想到这一条老狗。女主人没了,少主人也离开了,它每天到村内找点东西吃,究竟能够找多久呢?我相信,它决不会离开那个篱笆门口的,它会永远趴在那里的,尽管脑袋里也会充满了疑问。它究竟趴了多久,我不知道,也许最终是饿死的。我相信,就是饿死,它也会死在那个破篱笆门口,后面是大坑里透过苇丛闪出来的水光。

我从来不信什么轮回转生,但是,我现在宁愿信上一次。我已经九十岁了,来日苦短了。等到我离开这个世界以后,我会在天上或者地下什么地方与母亲相会,趴在她脚下的仍然是这一条老狗。

二〇〇一年五月二日

二

人间自有真情在

回忆起她来,
就像回忆一个甜美的梦。

人间自有真情在

前不久，我写了一篇短文《园花寂寞红》，讲的是楼右前方住着的一对老夫妇，男的是中国人，女的是德国人。他们在德国结婚后，移居中国，到现在已将近半个世纪了。哪里想到，一夜之间男的突然死去。他天天侍弄的小花园，失去了主人。几朵仅存的月季花，在秋风中颤抖，挣扎，苟延残喘，浑身凄凉、寂寞。

我每天走过那个小花园也感到凄凉、寂寞。我心里总在想：到了明年春天，小花园将日益颓败，月季花不会再开。连那些在北京只有梅兰芳家才有的大朵的牵牛花，在这里也将永远永远地消逝了。我的心情很沉重。

昨天中午，我又走过这个小花园，看到那位接近米寿的德国老太太在篱笆旁忙活着。我走近一看，她正在采集大牵牛花的种子。这可真是件新鲜事。我在这里住了三十年，从来没有见到她侍弄过花。我曾满腹疑团：德国人一般都是爱花的，这老太太真有点个别。可今天她为什么也忙着采集牵牛花的种子呢？她老态龙钟，罗锅着腰，穿一身黑衣裳，瘦得像一只螳螂。虽然采集花种不是累活，她干起来也是够呛的。我问她，采集这个干什么？她的回答极简单："我的丈夫死了，但是他爱的牵牛花不能死！"

我心里一亮，一下子顿悟出来了一个道理。她男人死了，一儿一女都在德国，老太太在中国可以说是举目无亲。虽然说是入了中国籍，但是在中国将近半个世纪，中国话说不了十句，中国饭吃不惯。她好像是中国社会水面上的一滴油，与整个社会格格不入，平常只同几个外国人和中国留德学生来往，显得很孤单。我常开玩笑说：她是组织上入了籍，思想上并没有入。到了此时，老头已去，儿女在外，返回德国，正其时矣。她却偏偏不走。道理何在呢？我百思不得其解。现在，一个非常偶然的机会让我看到她采集大牵牛花的种子。我一下子明白了：这一切都是为了死去的丈夫。

丈夫虽然走了，但是小花园还在，十分简陋的小房子还在。这小花园和小房子拴住了她那古老的回忆，长达半个世纪的甜蜜的回忆。这是他俩共同生活过的地方。为了忠诚于对丈夫的回忆，她不肯离开，不忍离开。我能够想象，她在夜深人静时，独对孤灯。窗外小竹林的窸窣声穿窗而入，屋后土山上草丛中秋虫哀鸣。此外就是一片寂静。丈夫在时,她知道对面小屋里还睡着一个亲人,使自己不会感到孤独。然而现在呢,那个人突然离开自己,走了,永远永远地走了。茫茫天地,好像只剩下自己孤零一人。人生至此,将何以堪!设身处地,如果我处在她的位置上,我一定会马上离开这里,回到自己的祖国,同儿女在一起,度过余年。

然而,这一位瘦得像螳螂似的老太太却偏偏不走,偏偏死守空房,死守这一个小花园。我知道:这一切都是为了死去的丈夫。

这位看似柔弱实极坚强的老太太,已经走到了人生的尽头。这一点恐怕她比谁都明白。然而她并未绝望,并未消沉。她还是浑身洋溢着生命力,在心中对未来还充满了希望。她还想到明年春天,她还想到牵牛花,她眼前一定不时闪过春天小花园杂花竞芳的景象。谁看到这种情况会不受到感动呢?我想,牵牛花而有知,到了明年春天,虽然男主人已经不在了,但它一定会精神抖擞,花朵一定会开得更大,更大,颜色一定会更鲜,更艳。

一九九二年九月二十日

三个小女孩

我生平有一桩怪事：一些孩子无缘无故地喜欢我、爱我；我也无缘无故地喜欢这些孩子，爱这些孩子。如果我以糖果饼饵相诱，引得小孩子喜欢我，那是司空见惯，平平常常，根本算不上什么"怪事"。但是，对我来说，情况却绝对不是这样。我同这些孩子都是偶然相遇，都是第一次见面，我语不惊人，貌不压众，不过是普普通通，不修边幅，常常被人误认为是学校的老工人。这样一个人而能引起天真无邪、毫无功利目的、两三岁以至十一二岁的孩子的欢心，其中道理，我解释不通。我相信，也没有别人能解释通，包括赞天地之化育的哲学家们在内。

我说这是一桩"怪事"，不是恰如其分吗？不说它是"怪事"，又能说它是什么呢？

大约在二十世纪五十年代，当时老祖和德华还没有搬到北京来。我暑假回济南探亲。我的家在南关佛山街。我们家住西屋和北屋，南屋住的是一家姓田的木匠。他有一儿二女，小女儿名叫华子，我们把这个小名又进一步变为爱称："华华"。她大概只有两岁，路走不稳，走起来晃晃荡荡，两条小腿十分吃力，话也说不全。按辈分，她应该叫我"大爷"，但是华华还发不出两个字的音，她把"大爷"简化为"爷"。一见了我，就摇摇晃晃，跑了过来，满嘴"爷""爷"不停地喊着。走到我跟前，一下子抱住了我的腿，仿佛有无限的乐趣。她妈喊她，她置之不理，勉强抱走，她就哭着奋力挣脱。有时候，我在北屋睡午觉，只觉得周围鸦雀无声，恬静幽雅。"北堂夏睡足"，一枕黄粱，猛一睁眼：一个小东西站在我的身旁，大气不出。一见我醒来，立即"爷""爷"，叫个不停。不知道她已经等了多久了。我此时真是万感集心，连忙抱起小东西，连声叫着"华华"。有一次我出门办事，回来走到大门口，华华妈正把她抱在怀里，说想试一试华华，看她怎么办。然而奇迹出现了：华华一看到我，立即用惊人的力量，从妈妈怀里挣脱出来，举起小手，要我抱她。她妈妈说，她早就想到有这种可能，但却没有想到华华挣脱的力量竟是这样惊人地大。大家都大笑不止，然而我却在笑中想流眼泪。有一年，老祖和德华来京小住，后来听同院的人说，在上着锁的西屋门前，天天有两个小动物在那里蹲守：一个是一只猫，一个是已经长到三四岁的华华。

"可怜小儿女,不解忆长安。"华华大概还不知道什么北京,不知道什么别离。天天去蹲守,她那天真稚嫩的心灵里,不知是什么滋味,望眼欲穿而不见伊人。她的失望,她的寂寞,大概她自己也说不出,只能意会而不能言传了。

上面是华华的故事。下面再讲吴双的故事。

二十世纪八十年代的某一年,我应邀赴上海外国语大学访问。我的学生吴永年教授十分热情地招待我。学校领导陪我参观,永年带了他的妻子和女儿吴双来见我。吴双有六七岁光景,是一个秀美、文静、伶俐的小女孩。我们是第一次见面,最初她还有点腼腆,叫了一声"爷爷"以后,低下头,不敢看我。但是,我们在校园中走了没有多久,她悄悄地走过来,挽住我的右臂,扶我走路,一直偎依在我的身旁,她爸爸、妈妈都有点吃惊,有点不理解。我当然更是吃惊,更是不理解。一直等到我们参观完了图书馆和许多大楼,吴双总是寸步不离地挽住我的右臂,一直到我们不得不离开学校,不得不同吴双和她爸爸、妈妈分手为止,吴双眼睛中流露出依恋又颇有一点凄凉的眼神。从此,我们就结成了相差六七十岁的忘年交。她用幼稚但却认真秀美的小字写信给我。我给永年写信,也总忘不了吴双。我始终不知道,我有什么地方值得这样一个聪明可爱的小女孩眷恋?

上面是吴双的故事。现在轮到未未了。未未是一个十二岁的小女孩,姓贾,爸爸是延边大学出版社的社长,学国文出身,刚强、正直、干练，是一个决不会阿谀奉承的硬汉子。母亲王文宏，延边大学中文系副教授，性格与丈夫迥乎不同，多愁、善感、温柔、纯朴、感情充沛，用我的话来说，就是：感情超过了需要。她不相信天底下还有坏人，她是个才女，写诗、写小说，在延边地区颇有点名气。研究的专行是美学、文艺理论与禅学，是一个极有前途的女青年学者。十年前，我在北大通过刘烜教授的介绍，认识了她。去年秋季她又以访问学者的名义重返北大，算是投到了我的门下。一年以来，学习十分勤奋。我对美学和禅学，虽然也看过一些书，并且有些想法和看法，写成了文章，但实际上是"野狐谈禅"，成不了正道的。蒙她不弃，从我受学，使得我经常觳觫不安，如芒刺在背。也许我那一些内行人决不会说的石破天惊的奇谈怪论，对她有了点用处？连这一点我也是没有自信的。

由于她母亲在北大学习，未未曾于寒假时来北大一次。她父亲也陪着来了。第一次见面，我发现未未同别的年龄差不多的女孩不一样。她面貌秀美，逗人喜爱，但却有点苍白。个子不矮，但却有点弱不禁风。不大说话，说话也是慢声细语。文宏说她是娇生惯养惯了，有点自我撒娇。但我看不像。总之，第一次见面，这个东北长白山下来的小女孩，对我成了个谜。我约了几位朋友，请她全家吃饭。吃饭的时候，她依然是少言寡语。但是，等到出门步行回北大时，却出现了出我意料的事情。我身居师座，兼又老迈，文宏便扶住我的左臂搀扶着我。

说老实话，我虽老态龙钟，却还不到非让人搀扶不行的地步。文宏这一番心意我却不能拒绝，索性倚老卖老，任她搀扶。倘若再递给我一个龙头拐杖，那就很有点旧戏台上佘太君或者国画大师齐白石的派头了。然而，正当我在心中暗暗觉得好笑的时候，未未却一步抢上前来，抓住了我的右臂来搀扶住我，并且示意她母亲放松抓我左臂的手，仿佛搀扶我是她的专利，不许别人插手。她这一举动，我确实没有想到。然而，事情既然发生——由它去吧！

过了不久，未未就回到了延吉。适逢今年是我八十五岁生日，文宏在北大虽已结业，却专门留下来为我祝寿。她把丈夫和女儿都请到北京来，同一些在我身边工作了多年的朋友，为我设寿宴。最后一天，出于玉洁的建议，我们一起共有十六人之多，来到了圆明园。圆明园我早就熟悉，六七十年前，当我还在清华大学读书的时候，晚饭后，常常同几个同学步行到圆明园来散步。此时圆明园已破落不堪，满园野草丛生，狐鼠出没，"西风残照，清家废宫"，我指的是西洋楼遗址。当年何等辉煌，而今只剩下几个汉白玉雕成的古希腊式的宫门，也都已残缺不全。"牧儿打碎龙碑帽"，虽然不见得真有牧儿，然而情景之凄凉、寂寞，恐怕与当年的明故宫也差不多了。我们当时还都很年轻，不大容易发思古之幽情，不过爱其地方幽静，来散散步而已。

新中国成立后，北大移来燕园，我住的楼房，仅与圆明园有一条马路之隔。登上楼旁小山，遥望圆明园之一角绿树葱郁，时涉遐想。今天竟然身临其境，早已面目全非，让我连连吃惊，仿佛美国作家 Washington Irving（华盛顿·欧文）笔下的 Rip Van Winkle（瑞普·凡·温克尔），"山中方七日，世上几千年"，等他回到家乡的时候，连自己的曾孙都成了老爷爷，没有人认识他了。现在我已不认识圆明园了，圆明园当然也不会认识我。园内游人摩肩接踵，多如过江之鲫。而商人们又竞奇斗妍，各出奇招，想出了种种的门道，使得游人如痴如醉。我们当然也不会例外，痛痛快快地畅游了半天，福海泛舟，饭店盛宴。我的"西洋楼"却如蓬莱三山，不知隐藏在何方了？

第二天是文宏全家回延吉的日子。一大早，文宏就带了未未来向我辞行。我上面已经说到，文宏是感情极为充沛的人，虽是暂时别离，她恐怕也会受不了。小肖为此曾在事前建议过：临别时，谁也不许流眼泪。在许多人心目中，我是一个怪人，对人呆板冷漠。但是，真正了解我的人却给我送了一个绰号"铁皮暖瓶"，外面冰冷而内心极热。我自己觉得，这个比喻道出了一部分真理，但是，我现在已届望九之年，我走过阳关大道，也走过独木小桥，天使和撒旦都对我垂青过。一生磨炼，已把我磨成了一个"世故老人"，于必要时，我能够运用一个世故老人的禅定之力，把自己的感情控制住。年轻人、道行不高的人，恐怕难以做到这一点的。

现在，未未和她妈妈就坐在我的眼前。我口中念念有词，调动我的定力来拴住自己的感情，满面含笑，大讲苏东坡的词："人有悲欢离合，月有阴晴圆缺，此事古难全。"又引用俗语："千里搭凉棚，没有不散的筵席。"自谓"口若悬河泻水，滔滔不绝"。然而，言者谆谆，而听者藐藐。文宏大概为了遵守对小肖的诺言，泪珠只停留在眼眶中，间或也滴下两滴。而未未却不懂什么诺言，也不会有什么定力，坐在床边上，一语不发，泪珠仿佛断了线似的流个不停。我那八十多年的定力有点动摇了，我心里有点发慌。连忙强打精神，含泪微笑，送她们母女出门。一走上门前的路，未未好像再也忍不住了，一把抓住了我的胳臂，伏在我怀里，哭了起来。热泪透过了我的衬衣，透过了我的皮肤，热意一直滴到我的心头。我忍住眼泪，捧起未未的脸，说："好孩子！不要难过！我们还会见面的！"未未说："爷爷！我会给你写信的！"我此时的心情，连才尚未尽的江郎也是写不出来的。他那名垂千古的《别赋》中，就找不到对类似我现在的心情的描绘，何况我这样本来无才可尽的俗人呢？我挽着未未的胳臂，送她们母女过了楼西曲径通幽的小桥。又忽然临时顿悟：唐朝人送别有灞桥折柳的故事。我连忙走到湖边，从一棵垂柳上折下了一条柳枝，递到文宏手中。我一直看她们母女俩折过小山，向我招手，直等到连消逝的背影也看不到的时候，才慢慢地走回家来。此时，我再不需要我那劳什子定力，索性让眼泪流个痛快。

三个女孩的故事就讲完了。

还不到两岁的华华为什么对我有这样深的感情，我百思不得其解。

五六岁第一次见面的吴双，为什么对我有这样深的感情，我千思不得其解。

十二岁的下学期才上初中的未未，为什么对我有这样深的感情，我万思不得其解。

然而这都是事实，我没有半个字的虚构。我一生能遇到这样三个小女孩，就算是不虚此生了。

到了今天，华华已经超过四十岁。按正常的生活秩序，她早应该"绿叶成荫"了，不知道她是否还记得我这"爷"？

吴双恐大学已经毕业了，因为我同她父亲始终有联系，她一定还会记得我这样一位"北京爷爷"的。

至于未未，我们离别才几天。我相信，她会遵守自己的诺言给我写信的。而且她父亲常来北京，她母亲也有可能再到北京学习、进修。我们这一次分别，不过是为下一次会面创造条件而已。

像奇迹一般，在八十多年内，我遇到了这样三个小女孩，是我平生一大乐事，一桩怪事。但是人们常说，普天之下，没有无缘无故的爱。可是我这"缘"何在？我这"故"又何在呢？佛家讲因缘，我们老百姓讲"缘分"。虽然我不信佛，从来也不迷信，但是我却只能相信"缘分"了。在我走到那个长满了野百合花的地方之前，这三个同我有着说不出是怎样来的缘分的小姑娘,将永远留在我的记忆中,保留一点甜美,保留一点幸福,给我孤寂的晚年涂上点有活力的色彩。

一九九六年八月

病房杂忆

住到全国最有名的医院之一——三〇一医院的病房里来,已经两年多了。要说有什么致命的大病,那不是事实。但是,要说一点病都没有,那也不是事实。一个人活到了九十五岁而一点病都没有,那不成了怪事了吗?我现在的处境是,有一点病而享受一个真正病人的待遇,此我的心之所以不能安也。

我今年已经九十五岁,几乎等于一个世纪,而过去这一个世纪,又非同寻常。光是世界大战,就打过两次。虽然第一次没有打到中国来,但是,中国人民也没有少受罪。在第二次世界大战期间,日本人乘机占领了中国大片土地,烧杀掳掠,无所不用其极。以致杀人成山,流血成河,中国人民陷入空前的灾难中。

此后是一个长达几十年的漫长的时间过程。

盼星星，

盼月亮，

盼到东方出太阳，

盼到狗年旺旺旺，

盼到我安然坐在这大病房中，光亮又宽敞。

现在我的回忆特别活跃。上下五千年，纵横十万里，旮旮旯旯，我无所不忆。回忆是一种思想活动。大家都知道，思想这玩意儿，最无羁绊，最无阻碍，这可以说是思想的特点和优点。胡适之先生提倡"大胆的假设，小心的求证"。这话是绝对没有错的。假设越大胆越好，求证越小心越好。这都是思维活动。世界科学之所以能够进步，就是因为有这种精神。

是不是思想活动要有绝对的自由呢？关于这个问题，大概有不同意见。中国过去，特别是在古典小说中，有时候把思想活动称为心猿。一部《西游记》的主角是孙悟空，就是一只猴子。这一只猴子，本领极大，法力无边。他从花果山造反，打上天宫，视天兵天将如草芥。连众神之主的玉皇大帝，他都不放在眼中，玉皇为了安抚他，把他请上天去，封他为弼马温。他嫌官小，立即造反，大闹天宫，把天宫搞得一塌糊涂。结果惊动了西天佛祖、南海菩萨，使用了大法力，把猴子制服，压在五行山下，等待唐僧取经时，才放他出来，成为玄奘的大弟子。又怕他恶性难改,在他头上箍上了一圈铁箍。又把紧箍咒教给了唐僧。一旦猴子猴性发作,唐僧立即口中念念有词,念起紧箍咒来。猴头上的铁箍随之紧缩起来,猴子疼痛难忍,于是立即改恶向善,成为一只服从师父教导的好猴子。

写到这里,我似乎听到了批评的意见:你不是写病房杂忆吗?怎么漫无边际,写到了紧箍咒和孙行者身上来了?这不是离题万里了吗?我考虑了一下,敬谨答曰:没有离题。即使离的话,也只有一里。那九千九百九十九里,是你硬加到我头上来的。我不过想说,任何人,任何社会,都必须有紧箍意识。法院和警察局固然有紧箍的意义,连大马路上的红绿灯不也有紧箍的作用吗?

绕了一个小弯子,让我们回到我们的原题上:病房杂忆。"杂"者,乱七八糟之谓也。既然是乱七八糟,更需要紧箍的措施。我们必须在杂中求出不杂的东西,求出一致的东西。决不能让回忆这玩意儿忽然而天也,忽然而地也,任意横行。我们必须把它拴在一根柱子上。我现在坐在病房里就试着拴几根柱子。目前先拴两根。

一、小姐姐

回想起来,已经是八十年前的事情了。那时,我们家住在济南南关佛山街柴火市。我们住前院,彭家住后院。彭家二大娘有几个女儿和男孩子。小姐姐就是二大娘的二女儿。比我大，所以称之为姐姐；但是大不了几岁，所以称之为小姐姐。

　　我现在一闭眼，就能看到小姐姐不同凡俗标致的形象。中国旧时代赞扬女性美有许多词句。什么沉鱼落雁，什么闭月羞花。这些陈词滥调，用到小姐姐身上，都不恰当，都有点可笑。倒是宋词里面有一些丽词秀句，可供参考。我在下面举几个例子：

　　苏东坡《江城子》：

　　　　腻红匀脸衬檀唇，
　　　　晚妆新，暗伤春。
　　　　手拈花枝，谁会两眉颦？

　　苏东坡《雨中花慢》：

　　　　嫩脸羞蛾，
　　　　因甚化作行云，
　　　　却返巫阳。

　　苏东坡《三部乐》：

　　　　美人如月。

乍见掩暮云,
更增妍绝。
算应无恨,
安用阴晴圆缺。

苏东坡《鹧鸪天》：

罗带双垂画不成,
殢人娇态最轻盈。
酥胸斜抱天边月,
玉手轻弹水面冰。

无限事,
许多情。
四弦丝竹苦丁宁。
饶君拨尽相思调,
待听梧桐叶落声。

类似的例子还可举出一些来，我不再列举了。我的意思无非是想说，小姐姐秀色天成。用平常的陈词滥调来赞誉，反而适得其反。倘若把宋词描绘美人的一些词句，拿来用到小姐姐身上，将更能凸显她的风采。我在这里想补充几句：宋人那一些词句描绘的多半是虚无缥缈的美人,而小姐姐却是活灵活现、真实存在的人物。倘若宋代词人眼前真有一个小姐姐,他们的词句将会更丰满,更灵透,更有感染力。

小姐姐是说不完的。上面讲到的都是外面的现象。在内部,她有一颗真诚、热情、同情别人、同情病人的心。大家都知道,麻风病是一种非常凶恶、非常可怕的传染病。在山东济南,治疗这种病的医院,不让在城内居留,而是在南门外千佛山下一片荒郊中修建的疗养院中。可见人们对这种恶病警惕性之高。然而小姐姐家里却有一位患麻风病的使女。自我认识小姐姐起就在她家里。我当时虽然年小,懂事不多,然而也感到有点别扭。这位使女一直待在小姐姐家中,后来不知所终。我也没有这个闲心,去刺探研究——随她去吧。

但是,对于小姐姐,我却不是这样随便。小姐姐是说不完的。在当时,我语不惊人,貌不压众,只不过是寄人篱下的一只丑小鸭。没有人瞧得起,没有人看得上。连叔父也认为我没有多大出息,最多不过是一个邮务生的材料。他认为我不闯实,胆小怕事。他哪里知道,在促进我养成这样的性格过程中,他老人家就起了不小的作用。一个慈母不在跟前的孩子,哪里敢飞扬跋扈呢?我在这里附带说上几句话:不管是什么原因,出于什么动机,毕竟是叔父从清平县穷乡僻壤的官庄把我带到了济南。我因此得到了念书的机会,才有了今天的我。我永远感谢他。

闲言少叙，书归正传。话头仍然回到小姐姐身上。但是，在谈小姐姐之前，我先粗笔勾画一下我那几年的情况。在小学和初中时期，我贪玩，不喜欢念书，也并无什么雄心壮志，不羡慕别人考甲等第一。但是，不知道是由于哪一路神仙呵护，我初中毕业考试平均分竟达到了九十七分，成为文理科十几个班之冠。这一件个人大事、公众小事，触动了当时的山东教育厅厅长、前清状元王寿彭老先生。他亲自命笔，写了一副对联和一个扇面给我，算是对我的奖励。我也是一个颇有点虚荣心的人，受到了王状元这样的礼遇，心中暗下决心：既然上来了，就不能再下去。于是，奋发图强，兀兀穷年。结果是，上了三年高中，六次期考，考了六个甲等第一。高中最后一年，是在杆石桥那个大院子里度过的。此时，我已经小有名气。国文，被国文教员董秋芳先生评为全校之冠（同我并列的还有一个人——王俊岑，后入北大数学系）；英文，我被大家称为 great home（大家，戏笑之辞，不足为训）。我当时能用英文写相当长的文章。我现在回想起来，自己都有点惊诧。当我看到英文教员同教务处的几位职员在一起谈到我的英文作文，那种眉开眼笑的样子时，我真不禁有点飘飘然了。

上面这些情况，都是我们家搬离柴火市以后发生的，此时，即使小姐姐来走娘家，前面院子也已经是人去屋空。那一位小兄弟也已杳若黄鹤，不知飞向何处去了。事实上，我飞得真不能算近。我于一九三五年离开祖国，到了德国，一住就是十年。

一直到一九四六年，才辗转回国。当时国内正在进行战争。我从上海乘轮船到了秦皇岛，又乘火车到了北京。此时正是秋风吹昆明（湖），落叶满长安（街）的深秋。离京十载，一旦回来，心中喜悦之情，不足为外人道也。

然而小姐姐却仍然见不到。

我被聘为北京大学教授，兼东方语言文学系主任。时间是一九四六年。一九四六年和一九四七年两年，仍然教书。此时战争未停，铁路不通。航空又没有定期航班，只能碰巧搭乘别人订好的包机。这种机会是不容易找的。我一直等到一九四八年，才碰到了这样的好机会。于是我就回到了阔别十三年的济南，见到了我家里的人，也见到了小姐姐。

二、大宴群雌

那一年，我三十七岁。若以四十岁为分界线的话，我还不到中年，还是一个青年。然而，当时知识分子最高的追求有二：一个是有一个外国博士头衔（当时中国还没有授予博士学位的办法）；第二个是有大学教授的称号。这两个都已是我囊中之物。旧时代所谓"少年得志"差堪近之。要说没有一点沾沾自喜，那不是真话。此时，工资也相当高，囊中总是鼓鼓囊囊的。我处心积虑，想让大家痛快一下。在中国，率由旧章，就是请大家吃一顿。这对我来说并不困难。我想立即付诸实施。

但是，且慢。在中国请客吃饭是一门学问。中国智慧（Chinese wisdom）有一部分就蕴藏在这里面。家人父子，至亲好友，大家随便下个馆子，撮上一顿，这里面没有很深的哲学。但是，一旦请外人吃饭，就必须考虑周详：请什么人？为什么请？怎样请？其中第一个问题最重要。中国有一句俗话："做菜容易请客难。"对我来说，做菜确实很容易，请客也并不难。以我当时的身份和地位，请谁，他也会认为是一个光荣。可是，一想到具体的人，又须伤点脑筋。第一个，小姐姐必须请，这毫无问题，无复独多虑。第二个就是小姐姐的亲妹妹，彭家四姑娘，我叫她"荷姐"的。这个人比漂亮，虽然比不上她姐姐的花容月貌，但也似乎沾了一点美的基因，看上去赏心悦目，伶俐，灵活，颇有一些耐看的地方。我们住在佛山街柴火市前后院的时候，仍然处于丑小鸭阶段；但是荷姐和我的关系就非常好。她常到我住的前院北屋同我闲聊，互相开点玩笑。说心里话，她就是我心里向往的理想夫人。但是，碍于她母亲的短见，西湖月老祠的那两句话没有能实现在我们俩身上。现在，隔了十几二十年了，我们又会面了。她知道我有几个博士学位，便嬉皮笑脸地开起了玩笑。左一声"季大博士"，右一声"季大博士"。听多了，我蓦地感到有一点凄凉之感发自她的内心。胡为乎来哉！难道她又想到了二十年前那一段未能成功的姻缘吗？我这个人什么都不迷信，只迷信缘分二字，有缘千里来相会，无缘对面不相识。我们俩之间的关系难道还不是为缘分所左右的吗？奈之何哉！奈之何哉！

我继续考虑要邀请的客人。但是，考虑来，考虑去，总离不开妇女这个圈子。群雄哪里去了呢？群雄是在的。在我们的亲戚朋友中，我这个年龄段的小伙子有二十多个人。家庭经济情况不同，有的蛮有钱的，他们的共同情况是不肯念书。有的小学毕业，就算完成了学业。有的上到初中，上高中者屈指可数。到北京来念书，则无异于玄奘的万里求法矣。其中还有极少数人，用小学时代学到的那一点文化知识，在社会上胡混。他们有不同的面孔：少爷、姑爷、舅爷、师爷，如此等等。有如面具一般，拿在手里，随时取用，现在要我请这样的人吃饭，我实在脸上有点发红，下不了这个决心。我考虑来，考虑去，最后桌子一拍，下了决心。各路英雄，暂时委屈，我现在只请英雌了。

我选定济南最著名的大饭店之一的聚丰德，订了几桌上好的翅子席（有鱼翅之谓也）。最后还加了几条新捉到的黄河鲤鱼。我请了二十来位青年妇女，其中小姐姐姊妹当然是心中的主客。宴会极为成功，大家都极为满意。我想，她们中有的人生平第一次吃这样的好饭，也许就是最后一次。我每次想到那种觥筹交错、杯盘齐鸣的情况，就不禁心满意足。

二〇〇六年

塔什干的一个男孩子

塔什干毕竟是一个好地方。按时令来说,当我们到了这里的时候,已经是秋天,淡红淡黄斑驳陆离的色彩早已涂满了祖国北方的山林,然而这里还到处盛开着玫瑰花,而且还不是一般的玫瑰花——有的枝干高得像小树,花朵大得像芍药、牡丹。

我就在这样的玫瑰花丛旁边认识了一个男孩子。

我们从城外的别墅来到市内,最初并没有注意到这一个小男孩。在一个很大的广场里,一边是纳沃伊大剧院,一边是为了招待参加亚非作家会议各国代表而新建的富有民族风味的塔什干旅馆,热情的塔什干人民在这里聚集成堆,男女老少都有。在这样一堆堆的人里,一个普普通通的小孩子怎么能引起我们的注意呢?

但是,正当我们站在汽车旁边东张西望的时候,忽然听到细声细气的儿童的声音,说的是一句英语:"您会说英国话吗?"我低头一看,才看到一个十二三岁的小男孩。他穿了一件又灰又黄带着条纹的上衣,头发金黄色,脸上稀稀落落有几点雀斑,两只蓝色的大眼睛一闪忽一闪忽的。

这个小孩子实在很可爱,看样子很天真,但又似乎懂得很多的东西。虽然是个男孩,却又有点像女孩,羞羞答答,欲进又退,欲说又止。

我就跟他闲谈起来。他只能说极简单的几句英国话,但是也能把自己的意思表达出来。他告诉我,他的英文是在当地的小学里学的,才学了不久。他有一个通信的中国小朋友,是在广州。他的中国小朋友曾寄给他一个什么纪念章,现在就挂在他的内衣上。说着他就把上衣掀了一下。我看到他内衣上的确别着一个圆圆的东西。但是,还没有等我看仔细,他已经把上衣放下来了。仿佛那一个圆圆的东西是一个无价之宝,多看上两眼,就能看掉一块似的。我可以很清楚地看到,这一个看来极其平常的中国徽章在他的心灵里占着多么重要的地位;也可以看到,中国和他的那一个中国小朋友,在他的心灵里占着多么重要的地位。

我同这一个塔什干的男孩子第一次见面,从头到尾,总共不到五分钟。

跟着来的是极其紧张的日子。

在白天,上午和下午都在纳沃伊大剧院里开会。代表们用各种不同的语言发言，愤怒控诉殖民主义的罪恶。我的感情也随着他们的感情而激动，而昂扬。

一天下午，我们正走出塔什干旅馆，准备到对面的纳沃伊大剧院里去开会。同往常一样，热情好客的塔什干人民，又拥挤在这一个大广场里，手里拿着笔记本，或者只是几张白纸，请各国代表签名。他们排成两列纵队，从塔什干旅馆起，几乎一直接到纳沃伊大剧院，说说笑笑，像过年过节一样。整个广场成了一个欢乐的海洋。

我陷入夹道的人堆里，加快脚步，想赶快冲出重围。

但是，冷不防，有什么人从人堆里冲了出来，一下子就把我抱住。我吃了一惊，定神一看，眼前站着的就是那一个我几乎已经完全忘记了的小男孩。

也许上次几分钟的见面就足以使得他把我看作熟人，总之，他那种胆怯羞涩的神情现在完全没有了。他拉住我的两只手，满脸都是笑容，仿佛遇到了一个多年未见十分想念的朋友和亲人。

我对这一次的不期而遇也十分高兴。我在心里责备自己："这样一个小孩子我怎么竟会忘掉了呢？"但是，还有人等着我一块走，我没有法子跟他多说话，在又惊又喜的情况下，一时也想不起说什么话好。他告诉我："后天，塔什干的红领巾要到大会上去献花，我也参加。"我就对他说："那好极了。我们在那里见面吧！"

我倒是真想在那一天看到他的。第二次的见面，时间比第一次还要短，大概只有两三分钟。但是我却真正爱上了这一个热爱中国、热爱中国人民的小孩子。我心里想：第一次见面是不期而遇，我没有能够带给他什么东西当作纪念品。第二次见面又是不期而遇，我又没有能够带给他什么东西当作纪念品。我心里十分不安，仿佛缺少了什么东西，有点惭愧的感觉。

跟着来的仍然是极其紧张的日子。

大会开到了高潮，事情就更多了。但是，我同那个小孩子这一次见面以后，我的心情同第一次见面后完全不同了。不管我是多么忙，也不管我在什么地方，我的思想里常常有这个小孩子的影子。他几乎霸占住我整个的心。我把所有的希望都寄托在他要到大会上去献花的那一天上。

那一天终于来到了。气氛本来就非常热烈的大会会场，现在更热烈了。成千成百的男女红领巾分三路拥进会场的时候，全场响起了雷鸣般的掌声。一队红领巾走上主席台给主席团献花。这一队红领巾里面，男孩女孩都有。最小的也不过五六岁，还没有主席台上的桌子高，但也站在那里，很庄严地朗诵诗歌，头上缠着的红绿绸子的蝴蝶结在轻轻地摆动着。主席台上坐着来自三四十个国家的代表团的团长，他们的语言不同，皮肤颜色不同，宗教信仰不同，社会制度不同；但是现在都一齐站起来，同小孩子握手拥抱，有的把小孩子高高地举起来，或者紧紧地抱在怀里。对全世界来说，这是一个极有意义的象征，它象征着全世界爱好和平的人们的大团结。我注意到有许多代表感动得眼里含着泪花。

我也非常感动。但是我心里还记挂着一件事情：我要找到那一个塔什干的男孩。我特意带来了一张丝织的毛主席像，想送给他，好让他大大地高兴一次。我到处找他，挨个看过去，看了一遍又一遍。这些男孩的衣服都一样，女孩子穿着短裙子，男女小孩还可以分辨出来，但是，如果想在男孩中间分辨出哪个是哪个，那就十分困难了。我看来看去，眼睛都看花了。我眼前仿佛成了一片红领巾和红绿蝴蝶结的海洋，我只觉得五彩缤纷，绚丽夺目。可是要想在这一片海洋里捞什么东西，却毫无希望了。一直等到这一大群孩子排着队退出会场，那一张有着金黄色的头发、上面长着两只圆而大的眼睛和稀稀落落的雀斑的脸，却无论如何也没有找到。

我真是从内心深处感到失望。但是我却是一点办法都没有。只怪我自己疏忽大意，既没有打听那一个男孩的名字，也没有打听他的住处、他的学校和班级。当我们第二次见面，他告诉我要来献花的时候，我丝毫也没有想到，我们竟会见不到面。现在想打听，也无从打听起了。

会议眼看就要结束了。一结束，我们就要离开这里。我一想到这一点，心里就焦急不堪。但是我也并没有完全放弃了希望。每一次走过广场的时候，我都特别注意向四下里看，我暗暗地想：也许会像我们第二次见面那样，那个男孩子会蓦地从人堆中跳出来,两只手抱住我的腰。

但是结果却仍然是失望。

会议终于结束了。第二天我们就要暂时离开这里,到哈萨克加盟共和国[1]的首都阿拉木图[2]去做五天的访问。在这一天的黄昏,我特意到广场上去散步,目的就是寻找那一个男孩子。

我走到一个书亭附近去,看到台子上摆满了书。亚非各国作家作品的俄文和乌兹别克文译本特别多,特别引人注目。有许多人挤在那里买书。我在那里站了一会儿,想在拥挤的人堆里发现那个男孩子。

我走到大喷水池旁。这是一个大而圆的池子,中间竖着一排喷水的石柱。这时候,所有的喷水管都一齐开放,水像发怒似的往外喷,一直喷到两三丈高,然后再落下来,落到墨绿的水池子里去。喷水柱里面装着红绿电灯,灯光从白练似的水流里面透了出来,红红绿绿,变幻不定,活像天空里的彩虹。水花溅在黑色的水面上,翻涌起一颗颗的珍珠。

我喜欢这个喷水池,我在这里站了很久。但是我却无心欣赏这些红红绿绿的彩虹和一颗颗的白色珍珠;我是希望能够在这里找到那一个小孩子的。

我走到广场两旁的玫瑰花丛里去,这也是我特别喜欢的地

---

[1] 1936年成为苏联加盟共和国,1991年12月16日宣布独立,称"哈萨克斯坦共和国"。

[2] 1998年,哈萨克斯坦首都迁往阿斯塔纳。

方。这里的玫瑰花又高又大又多,简直数不清有多少棵。人走进去,就仿佛走进了一片矮小的树林子。在黄昏的微光中,碗口大的花朵颜色有点暗淡了,分不清哪一朵是黄的,哪一朵是红的,哪一朵又是红里透紫的。但是,芬芳的香气却比白天阳光普照下还要浓烈。我绕着玫瑰花丛走了几周,不管玫瑰花的香气是多么浓烈,我却仍然是醉翁之意不在酒,我是来寻找那一个男孩子的。

我当时就想到,我这种做法实在很可笑,哪里就会那样凑巧呢?但是我又不愿意承认我这种举动毫无意义。天底下凑巧的事情不是很多很多的吗?我为什么就一定遇不到这样的事情呢?我决不放弃这万一的希望。

但是,结果并不像想象的那样,我到处找来找去,终于怀着一颗失望的心走回旅馆去。

第二天,天还没有明,我们就乘飞机到阿拉木图去了。在这个美丽的山城里访问了五天之后,又在一天的下午飞回塔什干来。

我们这一次回来,只能算是过路,第二天天一亮,我们就要离开这里了。这一次离开同上一次不一样,这是真正的离开。

这一次我心里真正有点急了。

吃过晚饭,我又走到广场上去。我走近书亭,上面写着人名、书名的木牌还立在那里。我走过喷水池,白练似的流水照旧泛出了红红绿绿的光彩。我走过玫瑰花丛,玫瑰在寂寞地散发着浓烈的香气。我到处徘徊流连,我是怀着满腔依依难舍的心情,到这里来同塔什干和塔什干人民告别的。

实在出我意料,当我走回旅馆的时候,我从远处看到旅馆门口有几个小男孩挤在那里,向里面探头探脑。我刚走上台阶,一个小孩子一转身,突然扑到我的身边来——这正是我已经寻找了许久而没有找到的那一个男孩。这一次的见面带给他的喜悦,不但远非第一次见面时的喜悦可比,也绝非第二次见面时他的喜悦可比。他紧紧地抓住我的双手,双脚都在跳;松了我的手,又抱住我的腰,脸上兴奋得一片红,连气都喘不上来了。

他断断续续地告诉我,他是来找我的,过去五天,他天天都来。

"你怎么知道我还在这里呢?"

"我猜您还在这里。"

"别的代表都已经走了,你这猜想未免太大胆了。"

"一点也不大胆,我现在不是找到您了吗?"

我大笑起来,不得不承认他是对的。

这是一次在濒于绝望中的意外的会见。中国旧小说里有两句话:"踏破铁鞋无觅处,得来全不费功夫。"并不能写出我当时的全部心情。"蓦然回首,那人却在灯火阑珊处",也只能描绘出我的心情的一小部分。我从来不相信世界上会有什么奇迹;现在我却感觉到,世界上毕竟是有奇迹的,虽然我对这一个名词的理解同许多人都不一样。

我当时十分兴奋，甚至有点慌张。我说了声："你在这里等我，不要走！"就跑进旅馆，连电梯也来不及上，飞快地爬上五层楼，把我早已经准备好的礼物拿下来，又跑到餐厅里找中国同志要毛主席像纪念章，然后匆匆忙忙地跑出去。我送给那个男孩子一张织着天安门的杭州织锦和一枚毛主席像的纪念章，我亲手给他别在衣襟上。同他在一块的三四个男孩子，我也在每个人的衣襟上别了一枚毛主席像的纪念章。这些孩子简直像一群小老虎，一下子扑到我身上来，搂住我的脖子，在我脸上使劲地亲吻。在惊惶失措中，我清清楚楚地听到清脆的吻声。

我现在再不能放过机会了，我要问一下他的姓名和住址。他就在我的笔记本上写了：谢尼亚·黎维斯坦。我们认识也好多天了，在这临别的一刹那，我才知道了他的名字。我叫了他一声："谢尼亚！"心里有说不出的感觉。只写了姓名和地址，他似乎还不满意，他又在后面加上了几句话：

我永远也不会忘记您，亲爱的季羡林！希望您以后再回到塔什干来。再见吧，从遥远的中国来的朋友！
谢尼亚

有人在里面喊我，我不得不同谢尼亚和他的小朋友们告别了。

因为过于兴奋，过于高兴，我在塔什干最后的一夜又是一个失眠之夜。我翻来覆去地想到这一次奇迹似的会见。这一次会见虽然时间仍然不长，但是却很有意义。在我这方面，我得到机会问清楚这个小孩子的姓名和地址，以便以后联系；不然的话，他就像是一滴雨水落在大海里，永远不会再找到了。在小孩子方面，他找到了我，在他那充满了对中国的热爱的小小的心灵里，也不会永远感到缺了什么东西。这十几分钟会见的意义是无法用言语表达的。

想来想去，无论如何再也睡不着。我站起来，拉开窗幔：对面纳沃伊大剧院的霓虹灯还在闪闪发光。广场上只有稀稀落落的几个人影。那一丛丛的玫瑰花的确是看不清楚了；但是，根据方向，我依然能够知道它们在什么地方；我也知道，在黑暗中，它们仍然在散发着芬芳浓烈的香气。

一九六一年七月五日

护士长

八十多岁以前，我基本上没生过大病，没有住过医院，没有见过什么护士。虽然"白衣天使"一类的词也出现在我的文章中，但那只不过是空洞的概念而已。

从去年起，运交华盖，开始生起比较严重的病来。由于我的一个老学生——原三〇一医院的副院长牟善初教授的指引，我才得以住进了遐迩闻名的三〇一医院——由于病情屡变，我曾五次进出，我戏称之为"五进宫"。只是最近这一"进宫"，虽然住的时间相当长，至今还是"出宫"无望。我由此而生苦恼。

在这医院里，我才看到了真正的护士，而且知道，还有一位护士长。

我在这里，患病的名目不止一个，所以颇换了几次病房。最后转到了骨科病房，就是我现在住的地方。这里当然也有一些护士，其中有一位护士长，算是群龙之首。她们都是青春妙龄，精力充沛。然而走动起来却是踏地细无声，这样的肃静是病人绝对需要的。看到了这样的护士，病人的病痛会减退几分的，我个人的经验就是这样。

在这里，我想特别讲一位护士长。

在医院里，人人都戴大口罩，一个人的庐山真面目是看不到的。对于这一位护士长，最初我只能看到大白口罩上两只灵动的大眼睛。只是到了若干天之后，她休假了，才改换了装束，真正的护士长我才得以看到，这是后话，暂且不表。

可是，我们的护士长不需要庐山真面目的，只听她的声音就够了。这声音的确与众不同——至少是在我的耳朵里——她的声音，像一串小银铃铛互相撞击从而发出了清脆悦耳的声音。这声音有极其细致入微的内涵，里面隐含着忠诚、同情、信赖、爱护，都是语言所难以表达的。每次听到这个声音，心中就暗暗地有一股暖流穿过。

可是，我却万万没有想到，有一天护士长问我刮不刮胡子。医院里的病人，大都忙活着治自己的病，至于脸上腮上的于思于思，从来不去管它。我此时已经两三个月没有理发，病房里没有镜子，我无法看清自己；但是，我想，"够瞧的"了。我自己起了一个别号，叫作"白毛老妖"。没有人出来反对。现在护士长居然关心我的胡子。她说，她要亲手给我刮。我真是惊喜之至了。问她工具何在。她说就用我在七十年前初到德国时买的那一套工具，有刀片，有刀片夹。我是不大买新东西的，这一套工具我用了七十年，随我走遍大半个世界。不意在今天，在新世纪，它又要在护士长手上显灵了。

虽然我并不放心，护士长却是信心十足。她拿起了老工具，在我脸上、嘴巴上涂上肥皂沫，抬手就刮开了。你甭说，她还真有两下子，这个异域的老工具，在她手上，敬谨从命。说一句老实话，比我自己刮得要好。连鼻子和上唇之间那极小的地区，她无不刮到，而且刮得干净。我放了心，我服了。

从此以后，在几个月中，我的刮胡子的任务，就全由她一个人包办了。每隔一段时间，就刮一次，至今已经刮十多次，准确数目，谁也说不清了。

最令人感动的是，护士长在休假期间，我们以为她真休假了。可是有一天，一个便装的年轻的姑娘忽然站在我眼前，我初极惊愕；但是那银铃般的笑声却是无法掩饰的，我知道是护士长。她并没有去休假，而是找我来刮胡子了。看她的年龄比盛装的护士长的年龄要差十岁。

大概在别的方面她的表现也特别突出。因此，在今年国际护士节时，院里把她列为全院仅有的三位模范护士长之一。

也许有人认为，这些都是芝麻绿豆般的小事，值不得大肆吹嘘。这种意思我是不能同意的。目前我国社会风尚颇多不尽如人意之处，原因确实很多；但是，其中之一就是大家都热衷于自己的"大"事，而对于朋友间的关心和照顾，则往往忽略。

正是在这些地方,我们需要认真学习护士长。

这位护士长是谁呢?

她是三〇一医院某楼的护士长,名字叫刘珍蓉。

二〇〇三年六月十七日于三〇一医院

两行写在泥土地上的字

夜里有雷阵雨,转瞬即停。"薄云疏雨不成泥",门外荷塘岸边,绿草坪畔,没有积水,也没有成泥,土地只是湿漉漉的。一切同平常一样,没有什么特异之处。

我早晨出门,想到外面呼吸点新鲜空气,这也同平常一样,并没有什么特异之处。然而,我的眼睛一亮,蓦地瞥见塘边泥土地上有一行用树枝写成的字:

季老好　九八级日语

回头在临窗玉兰花前的泥土地上也有一行字:

来访　九八级日语

我一时懵然，莫名其妙。还不到一瞬间，我恍然大悟：九八级是今年的新生。今天上午，全校召开迎新大会；下午，东方学系召开迎新大会。在两大盛会之前，这一群（我不知道准确数目）从未谋面的十七八九岁的男女大孩子，先到我家来，带给我无法用言语形容的这一番深情厚谊。但他们恐怕是怕打扰我，便想出了这一个惊人的、匪夷所思的办法，用树枝把他们的深情写在了泥土地上。他们估计我会看到的，便悄然离开了我的家门。

我果然看到他们留下的字了。我现在已经望九之年，我走过的桥比这一帮大孩子走过的路还要长，我吃过的盐比他们吃过的面还要多，自谓已经达到了"悲欢离合总无情"的境界。然而，今天，我一看到这两行写在泥土地上的字，我却真正动了感情，眼泪一下子涌出了眼眶，双双落到了泥土地上。

我是一个平凡的人，生平靠自己那一点勤奋，做出了一点微不足道的成绩。对此我并没有多大信心。独独对于青年，我却有自己一套看法。我认为，我们中年人或老年人，不应当一过了青年阶段，就忘记了自己当年穿开裆裤的样子，好像自己一下生就老成持重，对青年总是横挑鼻子竖挑眼。我们应当努力理解青年，同情青年，帮助青年，爱护青年。不能要求他们总是四平八稳，总是温良恭俭让。我相信，中国青年都是爱国的，爱真理的。即使有什么"逾矩"的地方，也只能耐心加以劝说，惩罚是万不得已而为之的。一个国家，一个民族，如果对自己的青年失掉了信心，那它就失掉了希望，失掉了前途。我常常这样想，也努力这样做。在风和日丽时是这样，在阴霾蔽天时也是这样。这要不要冒一点风险呢？要的。但我人微言轻，人小力薄，除了手中的一支圆珠笔以外，就只有嘴里那三寸不烂之舌，除了这样做以外，也没有别的办法。

大概就由于这些情况，再加上我的一些所谓文章，时常出现在报纸杂志上，有的甚至被选入中学教科书，于是普天下青年男女颇有知道我的姓名的。青年们容易轻信，他们认为报纸杂志上所说的都是真实的，就轻易对我产生了一种好感，一种情意。我现在几乎每天都能收到全国各地，甚至穷乡僻壤的边远地区青少年们的来信，大中小学生都有。他们大概认为我无所不能，无所不通，而又颇为值得信赖，向我提出各种各样的问题，有的简直石破天惊，有的向我倾诉衷情。我想，有的事情他们对自己的父母也未必肯讲的，比如想轻生自杀之类，他们却肯对我讲。我读到这些书信，感动不已。我已经到了风烛残年，对人生看得透而又透，只等造化小儿给我的生命画上句号。然而这些素昧平生的男女大孩子的信，却给我重新注入了生命的活力。苏东坡的词说："谁道人生无再少？门前流水尚能西。休将白发唱黄鸡。"我确实有"再少"之感了，这一切我都要感谢这些男女大孩子。

东方学系九八级日语专业的新生，一定就属于我在这里所说的男女大孩子们。他们在五湖四海的什么中学里，读过我写的什么文章，听到过关于我的一些传闻，脑海里留下了我的影子。所以，一进燕园，赶在开学之前，就迫不及待地把自己那一份情意，用他们自己发明出来的也许从来还没有被别人使用过的方式，送到了我的家门口来，惊出了我的两行老泪。我连他们的身影都没有看到，我看到的只是清塘里面的荷叶。此时虽已是初秋，却依然绿叶擎天，水影映日，满塘一片浓绿。回头看到窗前那一棵玉兰，也是翠叶满枝，一片浓绿。绿是生命的颜色，绿是青春的颜色，绿是希望的颜色，绿是活力的颜色。这一群男女大孩子正处在平常人们所说的绿色年华中，荷叶和玉兰叶所象征的正是他们。我想，他们一定已经看到了绿色的荷叶和绿色的玉兰叶，他们的影子一定已经倒映在荷塘的清水中。虽然是转瞬即逝，连他们自己也未必注意到。可他们与这一片浓绿真可以说是相得益彰，溢满了活力，充满了希望，将来左右这个世界的，决定人类前途的正是这一群年轻的男女大孩子。他们真正让我"再少"，他们在这方面的力量绝不亚于我在上面提到的那些全国各地青少年的来信，我虔心默祷——虽然我并不相信——造物主能从我眼前的八十七岁中抹掉七十年，把我变成一个十七岁的少年，使我同他们一起学习，一起娱乐，共同分享普天下的凉热。

一九九八年九月二十五日

一个影子似的孩子

有道是老马识途,又说姜是老的辣。意思无非是说,人老了,识多见广,没有没见过的东西。如今我已年逾古稀,足迹遍三大洲,见到的人无虑上千、上万,甚至上亿。但是我却从来没有见过这样一个影子似的孩子。

什么叫影子似的孩子呢?我来到庐山,在食堂里,坐定了以后,正在大嚼之际,蓦抬头,邻桌上已经坐着一个十几岁的西藏男孩,长着两只充满智慧的机灵的大眼睛,满脸秀气,坐在那里吃饭。我根本没有注意到他是什么时候进来的,没有一点声息,没有一点骚动。我正在心里纳闷,然而,一转眼,邻桌上已经空无一人,没有一点声息,没有一点骚动,来去飘忽,活像一个影子。

最初几天,我们乘车出游,他同父母一样,从来不参加的。

我心里奇怪：这样一个十几岁的男孩子，不知道闷在屋里干些什么？他难道就不寂寞吗？一直到了前几天，我们去游览花径、锦绣谷和仙人洞时，谁也没有注意到，车子上忽然多了一个人，他就是那个小男孩。他一句话也不说，没有一点声息，没有一点骚动，沉静地坐在那里，脸上浮现着甜蜜温顺的笑意，仍然像是一个影子。

从花径到仙人洞是有名的锦绣谷，长约一公里，左边崇山峻岭，右边幽谷深洞，岚翠欲滴，下临无地，目光所到之处，浓绿连天，是庐山的最胜处。道狭人多，拥挤不堪，我们这一队人马根本无法走在一起。小男孩同谁也不结伴，一个人踽踽独行。有时候，我想找他，但是万头攒动，宛如汹涌的人海，到哪里去找呢？但是，一转瞬，他忽然出现在我们身旁。两只俊秀的大眼睛饱含笑意，一句话也不说，一点声息也没有。可是，又一转瞬，他又不知消逝到何方了。瞻之在前，忽然在后，飘忽浮动，让人猜也猜不透。等到我们在仙人洞外上车的时候，他又飘然而至，不声不响，活像是我们自己的影子。

又一次，我们游览龙宫洞，小男孩也去了。进了洞以后，光怪陆离，气象万千。我们走在半明半暗的洞穴里，目不暇接。忽然抬头，他就站在我身旁。可是一转眼又不见了。等我们游完了龙宫洞，乘坐过龙船以后，我想到这小男孩又不知道跑到哪里去了。但是，正要走出洞门，却见他一个人早已坐在石桌旁边，静静地在等候我们，满脸含笑，不声不响，又活像是我们的影子。

我有时候自己心里琢磨：这小男孩心里想些什么呢？前两天，我们正在吃饭的时候，忽然下了一阵庐山式的暴雨，白云就在门窗间飘出飘进，转瞬院子里积满了水，形成了小小的瀑布。我们的餐厅同寝室是分开来的。在大雨滂沱中，谁也回不了寝室，都站在那里着急，谁也没有注意到，这小男孩已经走出餐厅，回到寝室，抱来了许多把雨伞，还有几件雨衣，一句话也不说，递给别人，两只大眼睛满含笑意，默默无声，像是我们的影子。我心中和眼前豁然开朗：在这个不声不响影子似的孩子的心中，原来竟然蕴藏着这样令人感动的善良与温顺。我不禁对这个平淡无奇的孩子充满敬意了。

我从来不敢倚老卖老，但在下意识中却隐约以见过大世面而自豪。不意在垂暮之年，竟又开了一次眼界，遇到了这样一个以前自己连做梦都不会想到的影子似的孩子。他并没有什么惊人之举，衣饰举动都纯朴得出奇，是一个非常平凡的小男孩。然而，从他身上，我们不是都可以学习到一些十分可贵的东西吗！

一九八六年八月三日于庐山

我的女房东

我已经多次谈到我的女房东欧朴尔太太。

我在这里还要再集中来谈。

我不能不谈她。

我们共同生活了整整十年,共过安乐,也共过患难。在这漫长的时间内,她为我操了不知多少心,她确实像我自己的母亲一样。回忆起她来,就像回忆一个甜美的梦。

她是一个平平常常的德国妇女。我初到的时候,她大概已有五十岁了,比我大二十五六岁。她没有多少惹人注意的特点,相貌平平常常,衣着平平常常,谈吐平平常常,爱好平平常常,总之是一个非常平常的人。

然而,同她相处的时间越久,便越觉得她在平常中有不平常的地方:她老实,她诚恳,她善良,她和蔼,她不会吹嘘,她不会撒谎。她也有一些小小的偏见与固执,但这些也都是平平常常的,没有什么越轨的地方;这只能增加她的人情味,而绝不会相反。同她相处,不必费心机、设提防,一切都自自然然,使人如处和暖的春风中。

她的生活是十分单调的、平凡的。她的天地实际上就只有她的家庭。中国有一句话说:妇女围着锅台转。德国没有什么锅台,只有煤气灶或电气灶。我的女房东也就是围着这样的灶转。每天一起床,先做早点,给她丈夫一份,给我一份。然后就是无尽无休地擦地板,擦楼道,擦大门外面马路旁边的人行道。地板和楼道天天打蜡,打磨得油光锃亮。楼门外的人行道,不光是扫,而且是用肥皂水洗。人坐在地上,绝不会沾上半点尘土。德国人爱清洁,闻名全球。德文里面有一个词 Putzteufel,指打扫房间的洁癖,或有这样洁癖的女人。Teufel 的意思是"魔鬼",Putz 的意思是"打扫"。别的语言中好像没有完全相当的字。我看,我的女房东,同许多德国妇女一样,就是一个不折不扣的"清扫魔鬼"。

我在生活方面所有的需要,她一手包下来了。德国人生活习惯同中国人不同。早晨起床后,吃早点,然后去上班;十一点左右,吃自己带去的一片黄油夹香肠或奶酪的面包;下午一点左右吃午饭。这是一天的主餐,吃的都是热汤热菜,主食是土豆。下午四点左右,喝一次茶,吃点饼干之类的东西。晚上七点左右吃晚饭,泡一壶茶或者咖啡,吃凉面包、香肠、火腿、干奶酪等。我是一个年轻的穷学生,一无时间,二无钱来摆这个谱儿。我还是中国老习惯,一日三餐。早点在家里吃,一壶茶,两片面包。午饭在外面馆子里或学生食堂里吃,都是热东西。晚上回家,女房东把他们中午吃的热餐给我留下一份。因此,我的晚餐也都是热汤热菜,同德国人不一样,这基本上是中国办法。这都是女房东在了解了中国人的吃饭习惯之后精心安排的。我每天在研究所里工作了一整天之后,回到家来,能够吃上一顿热乎乎的晚饭,心里当然是美滋滋的。对女房东这番情意,我是由衷地感激的。

晚饭以后,我就在家里工作。到了晚上十点左右,女房东进屋来,把我的被子铺好,把被罩拿下来,放到沙发上。这工作其实是非常简单的,我自己尽可以做。但是,女房东却非做不可,当年她儿子住这一间屋子时,她就是天天这样做的。铺好床以后,她就站在那里,同我闲聊。她把一天的经历,原原本本,详详细细,都向我"汇报"。她见了什么人,买了什么东西,碰到了什么事情,到过什么地方,一一细说,有时还绘声绘形,说得眉飞色舞。我无话可答,只能洗耳恭听。她的一些婆婆妈妈的事情,我并不感兴趣。但是,我初到德国时,听说德语的能力都不强。每天晚上上半小时的"听力课",对我大有帮助。我的女房东实际上成了我的不收费的义务教员。这一点我从来没有对她说,她也永远不会懂的。"汇报"完了以后,照例说一句:"夜安!祝你愉快地安眠!"我也说同样的话,然后她退出，回到自己的房间里。我把皮鞋放在门外，明天早晨，她把鞋擦亮。我这一天的活动就算结束了，上床睡觉。

其余许多杂活，比如说洗衣服、洗床单、准备洗澡水等等，无不由女房东去干。德国被子是鸭绒的，鸭绒没有被固定起来，在被套里面享有绝对的自由活动的权利。我初到德国时，很不习惯，睡下以后，在梦中翻两次身，鸭绒就都活动到被套的一边去，这边绒毛堆积如山，而另一边则只剩下两层薄布，当然就不能御寒，我往往被冻醒。我向女房东一讲，她笑得眼睛里直流泪。她于是细心教我使用鸭绒被的方法。我就像一个小孩子一样，在她的照顾下愉快地生活。

她的家庭看来是非常和睦的，丈夫忠厚老实，一个独生子不在家，老夫妇俩对儿子爱如掌上明珠。我记得，有一段时间，老头月月购买哥廷根的面包和香肠，打起包裹，送到邮局，寄给在达姆施塔特（Darmstadt）高工念书的儿子。老头腿有点毛病，走路一瘸一拐，很不灵便；虽然拿着手杖，仍然非常吃力。可他不辞辛劳，月月如此。后来老夫妇俩出去度假，顺便去看儿子。到儿子的住处大学生宿舍里去，一瞥间，他们看到老头千辛万苦寄来的面包和香肠，却发了霉，干瘪瘪地躺在桌子下面。老头怎样想，不得而知。老太太回家后，在晚上向我"汇报"时，絮絮叨叨地讲到这件事，说她大为吃惊。但是，奇怪的是，老头还是照样拖着两条沉重的腿，把面包和香肠寄走。我不禁想到，"可怜天下父母心"，古今中外之所同。然而儿女对待父母的态度,东西方却大不相同了。章太太[1]的男房东可以为证。我并不提倡愚忠愚孝。但是,即使把父母与子女之间的关系化为一般人与人之间的关系,像房东儿子的做法不也是有点过分了吗?

女房东心里也是有不平的。

儿子结了婚,住在外城,生了一个小孙女。有一次,全家回家来探望父母。儿媳长得非常漂亮,衣着也十分摩登。但是,女房东对她好像并不热情,对小孙女也并不宠爱。儿媳是年轻人,对好多事情有点马大哈,从中也可以看出德国两代人之间的"代沟"。有一天,儿媳使用手纸过多,把马桶给堵塞了。老太太非常不满意,拉着我到卫生间指给我看,脸上露出了许多怪相,有愤怒,有轻蔑,有不满,有憎怨。此事她当然不能对儿子讲,连丈夫大概也没有敢讲,茫茫宇宙间她只有对我一个人诉说不平了。

女房东也是有偏见的。

关于戴帽子的偏见,我在之前已经谈过了,这里不再重复。她的偏见不只限于这一点,而且最突出的也不是这一件事。最突出的是宗教偏见。她自己信奉的是耶稣教,对天主教怀有莫名其妙的刻骨的仇恨。世界各地区各民族都毫无例外地有宗教偏见,这种偏见比任何其他偏见都更偏见。欧洲耶稣基督教新

---

[1] 此处指章士钊的太太。

旧两派之间的偏见，也是异常突出的。我的女房东没有很高的文化，她的偏见也因而更固执。但她偏偏碰到一个天主教的好人。女房东每个月要雇人洗一次衣服、床单等等。承担这项工作的是一个天主教的老处女，年纪比女房东还要大，总有六十多岁了。她没有财产，没有职业，就靠帮人洗衣服为生。人非常老实，一天说不了几句话。却是一个十分虔诚的信徒，每月的收入，除了维持极其简朴的生活以外，全都交给教堂。她大概希望百年之后能够在虚无缥缈的天堂里占一个角落吧。女房东经常对我说："特雷莎（Therese）忠诚得像黄金一样。"特雷莎是她的名字。但是，忠诚归忠诚，一提到宗教，女房东就愤愤不平，晚上向我"汇报"时，对她也时有微词，具体的例子却从来没有听说过。

我的女房东就是这样一个有不平、有偏见、有自己的与宇宙大局、世界大局和国家大局无关的小忧愁小烦恼，有这样那样的特点的平平常常的人；但却是一个心地善良、厚道、不会玩弄任何花招的平常人。

她的一生也是颇为坎坷的，走的并非都是阳关大道。据她自己说，第一次世界大战前，德国人家里普遍都有金子，她家里也一样。大战一结束，德国发了疯似的通货膨胀，把她的一点点黄金都膨胀光了，成了无金阶级。到了第二次世界大战，她只是靠工资过日子。她对政治不感兴趣，她从来不赞扬希特勒，当然更不懂去反对他。由于种族偏见，犹太人她是反对的，但也说不上是"积极分子",只是随大流而已。她在乡下没有关系户,食品同我一样短缺。在大战中间,她丈夫饿得从一个大胖子变成一个瘦子,终于离开了人世。老两口一生和睦相处,我从来没有听到他们俩拌过嘴,吵过架。老头一死,只剩下她孤零一人。儿子极少回来,屋子里空荡荡的。她心里是什么滋味,我不知道。从表面上来看,她只能同我这一个异邦的青年相依为命了。

战争到了接近尾声的时候,日子越来越难过。不但食品短缺,连燃料也无法弄到。哥廷根市政府俯顺民情,决定让居民到山上去砍伐树木。在这里也可以看到德国人办事之细致、之有条不紊、之遵守法纪。政府工作人员在茫茫的林海中划出了一个可以砍伐的地区,把区内的树逐一检查,可以砍伐者画上红圈。砍伐没有红圈的树,要受到处罚。女房东家里没有劳动力,我当然当仁不让,陪她上山,砍了一天树,运下山来,运到一个木匠家里,用机器截成短段,然后运回家来,贮存在地下室里,供取暖之用。由于那一个木匠态度非常坏,我看不下去,同他吵了一架。他过后到我家来,表示歉意。我觉得,这不过是小事一桩,一笑置之而已。

我的女房东是一个平常人,当然不能免俗。当年德国社会中非常重视学衔,说话必须称呼对方的头衔。对方是教授,必须呼之为"教授先生";对方是博士,必须呼之为"博士先生"。不这样,就显得有点不礼貌。女房东当然不会是例外。我通过了博士口试以后,当天晚上"汇报"时,她突然笑着问我:"我从今以后是不是要叫你'博士先生'?"我真是大吃一惊,是我万万没有想到的。我连忙说:"完全没有必要!"她也不再坚持,仍然照旧叫我"季先生",我称她为"欧朴尔太太",相安无事。

一想到我的母亲般的女房东,我就回忆联翩。在漫长的十年中,我们晨夕相处,从来没有任何矛盾。值得回忆的事情实在太多太多了,即使回忆困难时期的情景,这回忆也仍然是甜蜜的。这些回忆一时是写不完的,因此我也就不再写下去了。

离开德国以后,在瑞士停留期间,我曾给女房东写过几次信。回国以后,在北京,我费了千辛万苦,弄到了一罐美国咖啡,大喜若狂。我知道,她同许多德国人一样,嗜咖啡若命。我连忙跑到邮局,把邮包寄走,期望它能越过千山万水,送到老太太手中,让她在孤苦伶仃的生活中获得一点喜悦。我不记得收到了她的回信。到了二十世纪五十年代,"海外关系"成了十分危险的东西。我再也不敢写信给她,从此便云天渺茫,互不相闻。正如杜甫所说的"明日隔山岳,世事两茫茫"了。

一九八三年,在离开哥廷根将近四十年之后,我又回到了我的第二故乡。我特意挤出时间,到我的故居去看了看。房子整洁如故,四十年漫长岁月的痕迹一点也看不出来。我走上三楼,我的住房门外的铜牌上已经换了名字。我也无从打听女房东的下落,她恐怕早已离开了人世,同她丈夫一起,静卧在公墓的一个角落里。我回首前尘,百感交集。人生本来就是这样,我有什么办法呢?我只有虔心祷祝她那在天之灵——如果有的话——永远安息。

一九九四年二月二十五日

三

游戏人间,不亦快哉

我爱北京的小胡同,
北京的小胡同也爱我。

佛山街头小景

我们每天准时从迎宾馆出发，出去参观访问。但一定要先在馆中上演一幕简短的"序剧"，地点就在水池岸边。玲玲总让那些花枝招展的服务小姐拿一碟鱼饵来，并请我撒向池中。池中的锦鲤似乎能通人性，只要我们在池边一站，它们就从远处摇摆着尾巴游了过来，恭候我们的布施。鱼饵一撒下去，鱼们立即活跃起来，拥拥挤挤，跌跌撞撞，一条鱼甚至压在另一条的身上，抢夺鱼饵。小池中一时波浪翻腾，水花四溅，形成了非常壮观的局面。

鱼饵撒完，"序剧"告终。

我们走出了大门。

我们走出了大门，并不是在佛山街头溜达，我们实在没有足够的时间或闲散的心情。俗话说"走马观花"，我们只能走

"车"观花。正如今年年初在台北一样,"台北街头小景"都是透过车窗的玻璃看出来的。今天在佛山,"佛山街头小景"也都是在车上看到的、体会到的。完全出我意料。我原以为那如雷贯耳的佛山镇,不过是南国的在偏僻中初露繁华的比一般镇稍大的边鄙的城镇而已。今天身临其境,才发现我完全错了。佛山镇并不比我在中国、在世界上许多地方看到的繁华的古城稍有逊色。这里的马路,虽然不像北京的那样宽敞,然而马路上车水马龙,行人多如过江之鲫,挥汗成雨,联袂成风,拥拥挤挤,摩肩接踵。北京的王府井大街,上海的南京路,不过如此也。

我无论到哪一个新的城市,总好注意街旁的店铺。在这方面,佛山并没有什么特异之处,它不像台北那样,到处都有槟榔店,这里我一间也没有看到。同是亚热带潮湿闷热的气候,为什么两地竟这样悬殊,我说不明白。这里同广州一样,饭店酒楼林立,多半标出了"生猛海鲜"一类的宣传字样。对于广州的食品,我在之前已经略有涉及。只这"生猛"二字就是多么彰明昭著,多么生动有力。积多年之经验(含教训),我得到了一个真理:一个北方人在广东吃饭,一道菜端上桌来,你尽管伸筷猛夹,开口大嚼,你可千万别盘问是什么东西。否则的话,如果你得到的回答是长虫(蛇)或水中山上的某一种虫子或其他动物,则你必悚然败下阵来,筷欲伸而退避,口欲开而紧闭,这一顿饭你准吃不好。

我还有一个习惯，也许是一个好习惯，这就是，我不管走到什么地方，总注意当地的花草树木。我在中国北方住了一辈子，抬头见松柏，环视唯柳槐，繁花虽满地，少是终年开，心中颇以为憾。现在来到了佛山，在北方季节已经到了初冬，此地却还似盛夏，花树繁茂，眼光所及，无非姹紫嫣红，真正是顾而乐之。但是也还有遗憾之处，就是不知道花的名称。当年中国诗人李思纯到了巴黎花都，只能"对月略能推汉历，看花苦为译秦名"。我在佛山，确实用不着推汉历，也用不着译秦名，可是我连汉名也不知道。因此，我改作了两句："对月无须推汉历，看花难于问姓名。"我的心情可见一斑。无奈，我只能迷离模糊地欣赏花的秀色了。

我在广州街头就曾得到一个印象：同北京比较起来，这里的摩托车要多得多。然而到了佛山才发现，这里的摩托车比广州还要多。这使我一下子回忆起泰国的曼谷来。几年前，我曾在那里待过几天。曼谷的堵车现象名震寰宇。有时候一堵就是几个小时。此时，我坐在车中，好像被囚在一座古堡里，车窗变成了囚窗，心中满怀雄心壮志，有如一只搏云天而上腾的大鹏，却伤了翅膀，动弹不了。我莫名其妙地想到两句唐诗："沉舟侧畔千帆过，病树前头万木春。"千帆是什么呢？就是在汽车的夹缝里颇为迅速敏捷地走动的摩托车。佛山的摩托车的数量确实还不能同曼谷比肩，然而已颇为可观了。困扰北京交通的自行车，在这里变成了稀有品种，有时候竟像在日本一样走在人行道上。摩托车则在街尾爬行的汽车长龙中,翩若惊鸿,宛若游龙,在汽车群的缝隙中,左闪右躲,前瞻后顾,转瞬就飞出去老远老远。驾驶摩托车的人,因为一律头戴钢盔,乍看上去,不辨雌雄。但是,有时候我从车窗里忽然看出去,瞥见摩托车的脚蹬上挂着一只高跟鞋的高跟,再抬头向上一看,头盔的外面有几缕秀发在风中飞动,我一下子就恍然了:驾车者是一位妙龄靓女,威武秀逸,雄风不减须眉,宛如《红楼梦》中提到的"姽婳将军",真让我们这些外地人喜煞,羡煞。

上海菜市场

上海尽有看不够数不清的高楼大厦，跑不完走不尽的大街小巷，满目琳琅的玻璃橱窗，车水马龙的繁华闹市；但是，我们的许多外国朋友却偏要去看一看早晨的菜市场。这是完全可以理解的。我们刚到上海的时候不是也想到菜市场上去看一看吗？

那还是几年前的一个早晨，在太阳刚刚升起来的时候，踏着熹微的晨光，到一个离开旅馆不远的菜市场去。

到了邻近菜市场的地方，市场的气氛就逐渐浓了起来。熙熙攘攘的人群，摩肩擦背，来来往往。许多老大娘的菜篮子里装满了蔬菜海味鸡鸭鱼肉。有的篮子里活鱼在摇摆着尾巴，肥鸡在咯咯地叫着。老大娘带着一脸笑意，满怀愉快，走回家去。

一走进菜市场，仿佛走进了另一个世界。这里面五光十色，令人眼花缭乱。但是，仔细一看，所有的东西却又都摆得整整齐齐，有条不紊。菜摊子、肉摊子、鱼虾摊子、水果摊子，还有其他的许许多多的摊子，分门别类，秩序井然，又各有特点，互相辉映。你就看那蔬菜摊子吧。这里有各种不同的颜色：紫色的茄子、白色的萝卜、红色的西红柿、绿色的小白菜，纷然杂陈，交光互影。这里又有各种不同的线条：大冬瓜又圆又粗，豆荚又细又长，白菜的叶子又扁又宽。就这样，不同的颜色，不同的线条，紧密地摆在一起，于纷杂中见统一。我的眼一花，我觉得，眼前不是什么菜摊子，而是一幅出自名家手笔的色彩绚丽、线条鲜明的油画或水彩画。

不只菜摊子是这样，其他的摊子也莫不如此。卖鱼的摊子上，活鱼在水里游泳，十几斤重的大鲤鱼躺在案板上。卖鸡鸭的摊子上，鸡鸭在笼子里互相召唤。卖肉的摊子上，整片的猪肉、牛肉和羊肉挂在那里，还为穆斯林设了卖牛羊肉的专柜。在其他的摊子上，鸡蛋和鸭蛋堆得像小山，一个个闪着耀眼的白光。咸肉和板鸭成排挂在架子上，肥得仿佛就要滴下油来。水果摊子更是琳琅满目。肥大的水蜜桃、大个儿的西瓜、又黄又圆的香瓜、白嫩的鲜藕，摆在一起，竞妍斗艳。我眼前仿佛看到葳蕤的果子园、十里荷香的池塘、翠叶离离的瓜地，难道这不是一幅美妙无比的图画吗？

说是图画，这只是一时的幻象。说真的，任何图画也比不上这一些摊子。图画里面的东西是死的、不能动的，这里的东西却随时在流动。原来摆在架子上的东西，一转眼已经到了老大娘的菜篮子里。她们站在摊子前面，眯细了眼睛，左挑右拣，直到选中了自己想买的东西为止。至于价钱，她们是不发愁的，因为东西都不贵。结果是皆大欢喜，在一片闹闹嚷嚷的声中，大家都买到了中意的东西。她们原来的空篮子不久就满了起来。当她们转回家去的时候，她们手中的篮子也像是一幅幅美丽的图画了。

我们的外国朋友是住在旅馆里的，什么东西都不缺少。但是他们看到这些美丽诱人的东西，一方面啧啧称赞，一方面又跃跃欲试，也都想买点什么。有人买了几个大香瓜，有人买了几斤西红柿，还有人买了一些豆腐干。这样就会使本来已经很丰富的餐桌更加丰富多彩。我们的外国朋友也皆大欢喜了。

一九六三年九月二十七日

重返哥廷根

我真是万万没有想到,经过了三十五年的漫长岁月,我又回到这个离开祖国几万里的小城里来了。

我坐在从汉堡到哥廷根的火车上,我简直不敢相信这是事实。难道是一个梦吗?我频频问着自己。这当然是非常可笑的,这毕竟就是事实。我脑海里印象历乱,面影纷呈。过去三十多年来没有想到的人,想到了;过去三十多年来没有想到的事,想到了。我那一些尊敬的老师,他们的笑容又呈现在我眼前。我那像母亲一般的女房东,她那慈祥的面容也呈现在我眼前。那个宛宛婴婴的女孩子伊尔穆嘉德,也在我眼前活动起来。那窄窄的街道,街道两旁的铺子,城东小山的密林,密林深处的小咖啡馆,黄叶丛中的小鹿,甚至冬末春初时分从白雪中钻出来的白色小花雪钟,还有很多别的东西,都一齐争先恐后地呈现到我眼前来。一霎时，影像纷乱，我心里也像开了锅似的激烈地动荡起来了。

火车一停，我飞也似的跳了下去，踏上了哥廷根的土地。忽然有一首诗涌现出来：

少小离家老大回，
乡音无改鬓毛衰。
儿童相见不相识，
笑问客从何处来。

怎么会涌现这样一首诗呢？我一时有点茫然、懵然。但又立刻意识到，这一座只有十来万人的异域小城，在我的心灵深处，早已成为我的第二故乡了。我曾在这里度过整整十年，是风华正茂的十年。我的足迹印遍了全城的每一寸土地。我曾在这里快乐过，苦恼过，追求过，幻灭过，动摇过，坚持过。这一座小城实际上决定了我一生要走的道路。这一切都不可避免地要在我的心灵上打上永不磨灭的烙印。我在下意识中把它看作第二故乡，不是非常自然的吗？

我今天重返第二故乡，心里面思绪万端，酸甜苦辣一齐涌上心头。感情上有一种莫名其妙的重压，压得我喘不过气来，似欣慰，似惆怅，似追悔，似向往。小城几乎没有变。市政厅前广场上矗立的有名的抱鹅女郎的铜像，同三十五年前一模一样。一群鸽子仍然像从前一样在铜像周围徘徊，悠然自得。说不定什么时候一声呼哨，飞上了后面大礼拜堂的尖顶。我仿佛昨天才离开这里，今天又回来了。我们走下地下室，到地下餐厅去吃饭。里面陈设如旧，座位如旧，灯光如旧，气氛如旧。连那年轻的服务员也仿佛是当年的那一位。我仿佛昨天晚上才在这里吃过饭。广场周围的大小铺子都没有变。那几家著名的餐馆，什么黑熊、少爷餐厅等，都还在原地。那两家书店也都还在原地。总之，我看到的一切都同原来一模一样。我真的离开这座小城已经三十五年了吗？

但是，正如中国古人所说的，江山如旧，人物全非。环境没有改变，然而人物却已经大大地改变了。我在火车上回忆到的那一些人，有的如果还活着的话年龄已经过了一百岁。这些人的生死存亡就用不着去问了。那些计算起来还没有这样老的人，我也不敢贸然去问，怕从被问者的嘴里听到我不愿意听的消息。我只绕着弯子问上那么一两句，得到的回答往往不得要领，模糊得很。这不能怪别人，因为我的问题就模糊不清。我现在非常欣赏这种模糊，模糊中包含着希望。可惜就连这种模糊也不能完全遮盖住事实，结果是：访旧半为鬼，惊呼热衷肠。我只能在内心里用无声的声音来惊呼了。

在惊呼之余，我仍然坚持怀着沉重的心情去访旧。首先我要去看一看我住过整整十年的房子。我知道，我那母亲般的女房东欧朴尔太太早已离开了人世。但是房子却还存在，那一条整洁的街道依旧整洁如新。从前我经常看到一些老太太用肥皂来洗刷人行道，现在这人行道仍然像是刚才洗刷过似的，躺下去打一个滚，绝不会沾上一点尘土。街拐角处那一家食品商店仍然开着，明亮的大玻璃窗子里面陈列着五光十色的食品。主人却不知道已经换了第几代了。我走到我住过的房子外面，抬头向上看，看到三楼我那一间房子的窗户，仍然同以前一样摆满了红红绿绿的花草，当然不是出自欧朴尔太太之手。我蓦地一阵恍惚，仿佛我昨晚才离开，今天又回家来了。我推开大门，大步流星地跑上三楼。我没有用钥匙去开门，因为我意识到，现在里面住的是另外一家人了。从前这座房子的女主人恐怕早已安息在什么墓地里了，墓上大概也栽满了玫瑰花吧。我经常梦见这所房子，梦见房子的女主人，如今却是人去楼空了。我在这里度过的十年中，有愉快，有痛苦，经历过轰炸，忍受过饥饿。男房东逝世后，我多次陪着女房东去扫墓。我这个异邦的青年成了她身边的唯一的亲人，无怪我离开时她号啕痛哭。我回国以后，最初若干年，还经常通信。后来时移事变，就断了联系。我曾痴心妄想，还想再见她一面。而今我确实又来到了哥廷根，然而她却再也见不到，永远永远地见不到了。

我徘徊在当年天天走过的街头，这里什么地方都有过我的足迹。家家门前的小草坪上依然绿草如茵。今年冬雪来得早了一点。十月中，就下了一场雪。白雪、碧草、红花，相映成趣。鲜艳的花朵赫然傲雪怒放，比春天和夏天似乎还要鲜艳。我在一篇短文《海棠花》里描绘的那海棠花依然威严地站在那里。我忽然回忆起当年的冬天，日暮天阴，雪光照眼，我扶着我的吐火罗文和吠陀语老师西克教授，慢慢地走过十里长街。心里面感到凄清，但又感到温暖。回到祖国以后，每当下雪的时候，我便想到这一位像祖父一般的老人。回首前尘，已经有四十多年了。

我也没有忘记当年几乎每一个礼拜天都到的席勒草坪。它就在小山下面，是进山必由之路。当年我常同中国学生或者德国学生，在席勒草坪散步之后，就沿着弯曲的山径走上山去。曾登上俾思麦塔，俯瞰哥廷根全城；曾在小咖啡馆里流连忘返；曾在大森林中茅亭下躲避暴雨；曾在深秋时分惊走觅食的小鹿，听它们脚踏落叶一路窸窸窣窣地逃走。甜蜜的回忆是写也写不完的，今天我又来到这里。碧草如旧，亭榭犹新。但是当年年轻的我已颓然一翁，而旧日游侣早已荡若云烟，有的离开了这个世界，有的远走高飞，到地球的另一半去了。此情此景，人非木石，能不感慨万端吗？

我在之前讲到江山如旧，人物全非。幸而还没有真正地全非。几十年来我昼思梦想最希望还能见到的人，最希望他们还能活着的人，我的博士父亲，瓦尔德施米特教授和夫人居然还都健在。教授已经是八十三岁高龄，夫人比他寿更高，是八十六岁。一别三十五年，今天重又会面，真有"相见翻疑梦"之感。老教授夫妇显然非常激动，我心里也如波涛翻滚，一时说不出话来。我们围坐在不太亮的电灯光下，杜甫的名句一下子涌上我的心头：

> 人生不相见，
> 动如参与商。
> 今夕复何夕？
> 共此灯烛光。

四十五年前我初到哥廷根，我们初次见面，以及以后长达十年相处的情景，历历展现在眼前。那十年是剧烈动荡的十年，中间插上了一个第二次世界大战，我们没有能过上几天好日子。最初几年，我每次到他们家去吃晚饭时，他那个十几岁的独生儿子都在座。有一次教授同儿子开玩笑：家里有一个中国客人，你明天到学校去又可以张扬吹嘘一番了。哪里知道，大战一爆发，儿子就被征从军，一年冬天，战死在北欧战场上。这对他们夫妇俩的打击是无法形容的。不久教授也被征从军。他心里怎样想，我不好问，他也不好说，看来是默默地忍受痛苦。他预订了剧院的票，到了冬天，剧院开演，他不在家，每周一次陪他夫人看戏的任务就落到我肩上。深夜，演出结束后，我要走很长的道路，把师母送到他们山下林边的家中，然后再摸黑走回自己的住处。在很长的时间内，他们那一座漂亮的三层楼房里，只住着师母一个人。

他们的处境如此,我的处境更要糟糕。烽火连年,家书亿金。我的祖国在受难,我的全家老老小小在受难,我自己也在受难。中夜枕上,思绪翻腾,往往彻夜不眠。而且头上有飞机轰炸,肚子里没有食品充饥。做梦就梦到祖国的花生米。有一次我下乡去帮助农民摘苹果,报酬是几个苹果和五斤土豆,回家后一顿就把五斤土豆吃了个精光,还并无饱意。

大概有六七年的时间,情况就是这个样子。我的学习、写论文、参加口试、获得学位,就是在这种情况下进行的。教授每次回家度假,都听我的汇报,看我的论文,提出他的意见。今天我会的这一点点东西,哪一点不包含着教授的心血呢?不管我今天的成就还是多么微小,如果不是他怀着毫不利己的心情对我这一个素昧平生的异邦的青年加以诱掖教导的话,我能够有什么成就呢?所有这一切我能够忘记得了吗?

现在我们又会面了。会面的地方不是在我所熟悉的那一所房子里,而是在一所豪华的养老院里。别人告诉我,他已经把房子赠给哥廷根大学印度学和佛教研究所,把汽车卖掉,搬到这一所养老院里来了。院里富丽堂皇,应有尽有,健身房、游泳池,无不齐备。据说,饭食也很好。但是,说句不好听的话,到这里来的人都是七老八十的人,多半行动不便。对他们来说,健身房和游泳池实际上等于聋子的耳朵。他们不是来健身,而是来等死的。头一天晚上还在一起吃饭、聊天,第二天早晨说不定就有人见了上帝。一个人生活在这样的环境中,心情如何,概可想见。话又说了回来，教授夫妇孤苦伶仃，不到这里来，又到哪里去呢？

就是在这样一个地方，教授又见到了自己几十年没有见面的弟子。他的心情是多么激动，又是多么高兴，我无法加以描绘。我一下汽车就看到在高大明亮的玻璃门里面，教授端端正正地坐在圈椅上。他可能已经等了很久，正望眼欲穿哩。他瞪着慈祥昏花的双目瞧着我，仿佛想用目光把我吞了下去。握手时，他的手有点颤抖。他的夫人更是老态龙钟，耳朵聋，头摇摆不停，同三十多年前完全判若两人了。师母还专为我烹制了当年我在她家常吃的食品。两位老人齐声说：让我们好好地聊一聊老哥廷根的老生活吧！他们现在大概只能用回忆来填充日常生活了。我问老教授还要不要中国关于佛教的书，他反问我："那些东西对我还有什么用呢？"我又问他正在写什么东西。他说："我想整理一下以前的旧稿；我想，不久就要打住了！"从一些细小的事情上来看，老两口的意见还是有一些矛盾的。看来这相依为命的一双老人的生活是阴沉的、郁闷的。在他们前面，正如鲁迅在《过客》中所写的那样："前面？前面，是坟。"

我心里陡然凄凉起来，老教授毕生勤奋，著作等身，名扬四海，受人尊敬，老年就这样度过吗？我今天来到这里，显然给他们带来了极大的快乐。一旦我离开这里，他们又将怎样呢？可是，我能永远在这里待下去吗？我真有点依依难舍，尽量想多待些时候。但是，千里凉棚，没有不散的筵席。我站起来，想告辞离开。老教授带着乞求的目光说："才十点多钟，时间还早嘛！"我只好重又坐下。最后到了深夜，我狠了狠心，向他们说了声："夜安！"站起来，告辞出门。老教授一直把我送下楼，送到汽车旁边，样子是难舍难分。此时我心潮翻滚，我明确地意识到，这是我们最后一面了。但是，为了安慰他，或者欺骗他，也为了安慰我自己，或者欺骗我自己，我脱口说了一句话：过一两年，我再回来看你！声音从自己嘴里传到自己耳朵，显得空荡、虚伪，然而却又真诚。这真诚感动了老教授，他脸上现出了笑容。"你可是答应了我了，过一两年再回来！"我还有什么话好说呢？我噙着眼泪，钻进了汽车。汽车开走时，回头看到老教授还站在那里，一动也不动，活像是一座塑像。

过了两天，我就离开了哥廷根。我乘上了一列开到另一个城市去的火车。坐在车上，同来时一样，我眼前又是面影迷离，错综纷杂。我这两天见到的一切人和物，一一奔凑到我的眼前来；只是比来时在火车上看到的影子清晰多了，具体多了。在这些迷离错乱的面影中，有一个特别清晰、特别具体、特别突出，它就是我在前天夜里看到的那一座塑像。愿这一座塑像永远停留在我的眼前，永远停留在我的心中。

一九八七年十月北京

听诗

自己也不知道为什么，从很早的时候，就常有一幅影像在我眼前晃动：我仿佛看到一个垂老的诗人，在暗黄的灯影里，用颤动幽抑的声音，低低地念出自己心血凝成的诗篇。这颤声流到每个听者的耳朵里，心里，一直到灵魂的深深处，使他们着了魔似的静默着。这是一幅怎样动人的影像呢？然而，在国内，我却始终没有能把这幅影像真真地带到眼前来，转变成一幅更具体的情景。这影像也就一直是影像，陪我走过西伯利亚，来到哥廷根。谁又料到在这沙漠似的哥廷根，这影像竟连着两次转成具体的情景，我连着两次用自己的耳朵听到老诗人念诗。连我自己现在想起来，也像回忆一个充满了神奇的梦了。

当我最初看到有诗人来这里念诗的广告贴出来的时候，我的心喜欢得直跳。念诗的是老诗人宾丁（Rudolf G.Binding），又是一个能引起人们的幻想的名字。我立刻去买了票。我真想不到这古老的小城还会有这样的奇迹。离念诗还有十来天，我每天计算着日子的逝去。在这十来天中，一向平静又寂寞的生活竟也仿佛有了点活气，竟也渲染上了点色彩。虽然照旧每天一个人拖了一条影子，走过一段两旁有粗得惊人的老树的古城墙，到大学去；再拖了影子，经过这段城墙走回家来；然而心情却意外地觉得多了点什么了。

终于盼到念诗的日子。从早晨就下起雨来。在哥廷根，下雨并不是什么奇事。而且这里的雨还特别腻人，有时会连着下七八天，仿佛有谁把天钻了无数的小孔似的，就这样不急不慢永远是一股劲向下滴。抬头看灰暗的天空，心里便仿佛塞满了棉花似的窒息。今天的雨仍然同以前一样，然而我的心情却似乎有点不同了。我的心里充满了喜悦，仿佛正有一个幸福，就在不远的前面等我亲手去捉。在灰暗的不断漏着雨丝的天空里也仿佛亮着幸福的星。

念诗的时间是在晚上。黄昏的时候，就有一位在这里已经住过七年以上的朋友来邀我。我们一同走出去。雨点滴在脸上，透心地凉，使我有深秋的感觉。在昏暗的灯光中，我们摸进女子中学的大礼堂。里面已经挤了上千的人，电灯照得明耀如白昼。这使我多少有点惊奇，又有点失望。我总以为念诗应该在一间小屋中，暗黄的灯影里，只有几个素心人散落地围坐着，应该是梦似的情景。然而眼前的情景却竟是这样子。但这并不能使我灰心，不久我就又恢复了以前的兴头。在散乱嘈杂的声影里期待着。

声音蓦地静下去，诗人已经走了进来。他已经似乎很老了，走路都有点摇晃。人们把他扶上讲台去，慢慢地坐在预备好的椅子上，两手交叉起来，然而不说话。在短短的神秘的寂静中，我的心有点颤抖。接着说了几句引言，论到自由，论到创作。于是就开始念诗。最初的声音很低，微微有点颤动，然而却柔婉得像秋空的流云，像春水的细波，像一切说都说不出的东西。转了几转以后，渐渐地高起来了。每一行不平常的诗句里都仿佛加入了许多新东西，加入了无量更不平常的神秘的力量。仿佛有一个充满了生命力的灵魂跳动在里面，连我自己的渺小的灵魂也仿佛随了那大灵魂的节律在跳动着。我眼前诗人的影子渐渐地大起来，大起来，一直大到任什么都看不到。于是只剩了诗人的微颤又高亢的声音不知从什么地方飘了来，宛如从天上飞下来的一道电光，从万丈悬崖上注下来的一线寒流，在我的四周舞动。我的眼前只是一片空濛，我什么东西都看不到了。四周的一切都仿佛化成了灰，化成了烟；连自己也仿佛化成了灰，化成了烟，随了那一股神秘的力量飞到不知什么地方去了。

不知多久以后，我的四周蓦地一静。我的心一动，才仿佛从一阵失神里转来一样，发现自己仍然坐在这里听诗。定了定神，向台上看了看，灯光照了诗人脸的一半，黑大的影投在后面的墙上。他的诗已经念完，正预备念小说。现在我眼前的幻影一点也不剩了。我抬头看了看全堂的听者，人人都瞪大了眼睛静默着。又看了看诗人，满脸的皱纹在一伸一缩地跳动着：我们很容易看出这位老人是怎样吃力地读着自己的作品。

小说终于读完了。人们又把这位老诗人扶下讲台。热烈的掌声把他送出去，但仍然不停，又把他拖回来，走到讲台的前面，向人们慢慢地鞠了一个躬，才又慢慢地踱出去。

礼堂里立刻起了一阵骚动：人们都想跟了诗人去请他在书上签字。我同朋友也挤了出去，挤到楼下来。屋里已经填满了人。我们于是就等，用最大的耐心等。终于轮到了自己。他签字很费力，手有点颤抖，签完了，抬眼看了看我，我才发现他的眼睛是异常地大的，而且充满了光辉。也许因为看到我是个外国人，嘴里喃喃地说了一句什么，但没等我说话，后面的人就挤上来把我挤出屋去，又一直把我挤出了大门。

外面雨还没停。一条条的雨丝在昏暗的路灯下闪着光。地上的积水也凌乱地闪着淡光。那一双大的充满了光辉的眼睛只是随了我的眼光转，无论我的眼光投到哪里去，那双眼睛便冉冉地浮现出来。在寂静的紧闭的窗子上，我会看到那一双眼睛；在远处的暗黑的天空里，我也会看到那双眼睛。就这样陪着我，一直陪我到家，又一直把我陪到梦里去。

这以后不久，又有了第二次听诗的机会。这次念诗的是卜龙克（Hans Friedriech Blunck）。他是学士院的主席，相当于英国的桂冠诗人。论理应当引起更大的幻想，但其实却不然。上次自己可以制造种种影像，再用幻想涂上颜色，因而给自己一点期望的快乐。但这次，既然有了上次的经验，又哪能再凭空去制造影像呢？但也就因了有上次的经验，知道了诗人的诗篇从诗人自己嘴里流出来的时候是有着怎样大的魔力，所以对日子的来临渴望得比上次又不知厉害多少倍了。

在渴望中，终于到了念诗的那天。又是阴沉的天色，随时都有落下雨来的可能。黄昏的时候，我去找那位朋友，走过那一段古老的城墙，一同到大学的大讲堂去。

人不像上次多。讲台的布置也同上次不一样。上次只是极单纯的一张桌子，一把椅子。这次桌子前却挂了国社党[1]的红地黑字的旗子，而且桌子上还摆了两瓶乱七八糟的花。我感到深深的失望和悲哀。我早没有了那在一间小屋中暗黄的灯影里只有几个人听诗的幻影，连上次那样单纯朴质的意味也寻不到踪影了。

最先是一个毛手毛脚的年轻小伙子飞步上台，把右手一扬，开口便说话。嘴鼻子乱动，眼也骨碌骨碌地直转。看样子是想把眼光找一个地方放下，但看到台下有这样许多人看自己，急切又找不到地方放，于是嘴鼻子眼也动得更厉害。我忍不住直想笑出声来。但没等我笑出来，这小伙子，说过几句介绍词之

---

[1] 旧译简称。旧译全称为"德国国家社会主义工人党"。后改译为"民族社会主义德意志工人党"。

后,早又毛手毛脚地跳下台来了。

接着上去的是卜龙克。他不知道什么时候已经来到这屋里,只从前排的一个位子上站起来就走上台去。他的貌相颇有点滑稽。头顶全秃光了,在灯下直闪光。嘴向右边歪,左嘴角上一个大疤。说话的时候,只有上唇的右半颤动,衬了因说话而引起的皱纹,形成一个奇异的景象。同宾丁一样,说了几句话之后,就开始念自己的诗。但立刻就给了我一个不好的印象,音调不但不柔婉,而且生涩得令人想也想不到,仿佛有谁勉强他来念似的,抱了一肚子委屈,只好一顿一挫地念下去。我想到宾丁,在那老人的颤声里是有着多样大的魔力呢?但我终于忍耐着。念过几首之后,又念到他采了民间故事仿民歌作的歌。不知为什么诗人忽然兴奋起来,声音也高起来了。在单纯质朴的歌调中,仿佛有一股原始的力量在灌注着。我的心又不知不觉飞了出去,我又到了一个忘我的境界。当他念完了诗再念小说的时候,他似乎异常地高兴,微笑从不曾离开过他的脸。听众不时发出哄堂的笑声,表示他们也都很兴奋。这笑声延长下去,一直到诗人念完了小说带了一脸的微笑走下讲台。

我们又随着人们挤出了大讲堂。外面是阴暗的夜。我们仍然走过那段古城墙。抬头看到那座中世纪留下来的古老的教堂的尖顶,高高地刺向灰暗的天空里去,像一个巨人的影子。同上次一样,诗人的面影又追了我来,就在我眼前不远的地方浮动。同时那位老诗人的有着那一双大而有光辉的眼睛的面影,也浮到眼前来。无论眼前看到的是一棵老树,是树后面一团模糊的山林,但这两个面影就会浮在前面。就这样,又一直把我送到家,又一直把我送到梦里去。

到现在已经一个多月了,每在不经心的时候,一转眼,便有这样两个面影,一前一后地飘过去;这两位诗人的声音也便随着缭绕在耳旁;我的心立刻起一阵轻微的颤动。有人会以为这些纠缠不清的影子对我是一个大的累赘,然而正相反,我自己心里暗暗地庆幸着:从很早的时候就在眼前晃动的那幅影像终于在眼前证实了。自己就成了那影像里的一个听者,诗人的颤声就流到自己的耳朵里、心里、灵魂的深深处,而且还永远永远地埋起来。倘若真是一个梦的话,又有谁否认这是一个充满了神奇的梦呢!

一九三六年二月二十六日于德国哥廷根

访绍兴鲁迅故居

一转入那个地上铺着石板的小胡同,我立刻就认出了那一个从一幅木刻上久已熟悉了的门口。当年鲁迅的母亲就是在这里送她的儿子到南京去求学的。

我怀着虔敬的心情走进了这一个简陋的大门。我随时在提醒自己:我现在踏上的不是一个平常的地方。一个伟大的人物、一个文化战线上的坚强的战士就诞生在这里,而且在这里度过了他的童年。

对于这样一个人物,我从中学时代起就怀着无限的爱戴与向往。我读了他所有的作品,有的还不止一遍。有一些篇章我甚至能够背诵得出。因此,对于他这个故居我是十分熟悉的。今天虽然是第一次来到这里,我却感到我是来到一个旧游之地了。

房子已经十分古老，而且结构也十分复杂，不像北京的四合院那样，让人一目了然。但是我仍觉得这房子是十分可爱的。我们穿过阴暗的走廊，走过一间间的屋子。我们看到了鲁迅祖母给他讲故事的地方，看到长妈妈在上面睡成一个"大"字的大床，看到鲁迅抄写《南方草木状》用的桌子，也看到鲁迅小时候的天堂——百草园。这都是一些普普通通的东西和地方，一点也看不出有什么神奇之处。但是，我却觉得这都是极其不平常的东西和地方。这里的每一块砖、每一寸土、桌子的每一个角、椅子的每一条腿，鲁迅都踏过、摸过、碰过。我总想多看这些东西一眼。在这些地方多流连一会儿。

鲁迅早已离开这个世界了。他生前，恐怕也很久没有到这一所房子里来过了。但是，我总觉得，他的身影就在我们身旁。我仿佛看到他在百草园里拔草捉虫，看到他同他的小朋友闰土在那里谈话游戏，看到他在父亲严厉监督之下念书写字，看到他做这做那。

这个身影当然是一个小孩子的身影。但是就是当鲁迅还是一个小孩子的时候，他那坚毅刚强的性格已经有所表露。在他幼年读书的地方三味书屋里，我们看到了他用小刀刻在桌子上的那一个"早"字。故事是大家都熟悉的：有一天，他不知道是由于什么原因，上学迟到了，受到了老师的责问。他于是就刻了这一个字，表示以后一定要来早。以后他就果然再没有迟到过。

这是一件小事。然而，由小见大，它不是很值得我们深思自省吗？

这坚毅刚强的性格伴随了鲁迅一生。"他没有丝毫的奴颜和媚骨"。他一生顽强战斗，追求真理。"横眉冷对千夫指，俯首甘为孺子牛。"他对人民是一个态度，对敌人是完全不同的另一个态度。谁读了这样两句诗，不深深地受到感动呢？现在我在这一间阴暗书房里看到这一个小小的"早"字，我立刻想到他那战斗的一生。在我心目中，他仿佛成了一块铁，一块钢，一块金刚石。刀砍不断，石砸不破，火烧不熔，水浸不透。他的身影突然大了起来，凛然立于宇宙之间，给人带来无限的鼓舞与力量。

同刻着"早"字的那一张书桌仅有一壁之隔，就是鲁迅文章里提到的那一个小院子。他在这里读书的时候，常常偷跑到这里来寻蝉蜕，捉苍蝇。院子确实不大，大概只有两丈多长、一丈多宽，墙角上长着一株腊梅，据说还是当年鲁迅在这里读书时的那一株。按年岁计算起来，它的年龄应该有一百八十岁了。可是样子却还是年轻得很。梗干苗壮坚挺，叶子是碧绿碧绿的。浑身上下，无限生机；看样子，它还要在这里站上一千年。在我眼中，这一株腊梅也仿佛成了鲁迅那坚毅刚强的、威武不能屈、富贵不能淫的性格的象征。我从地上拾起了一片叶子，小心地夹在我的笔记本里。

把树叶夹在笔记本里，回头看到一直陪我们参观的闰土的孙子在对着我笑。我不了解他这笑是什么意思，也许是笑我那样看重那一片小小的叶子；也许是笑我热得满脸出汗。不管怎样，我也对他笑了一笑。我看他那壮健的体格，看他那浑身的力量，不由得心里就愉快起来，想同他谈一谈。我问他的生活情况和工作情况，他说都很好，都很满意。我这些问题其实都是多余的，从他那满脸的笑容、全身的气度来看，他生活得十分满意，工作得十分称心，不是很清清楚楚的吗？

我因此又想到他的祖父闰土。当隔了许多年又同鲁迅见面的时候，他不敢再承认小时候的友谊，对着鲁迅喊了一声"老爷"，这使鲁迅打了一个寒噤。他给生活的担子压得十分痛苦，但却又说不出。这又使鲁迅吃了一惊。可是他的儿子水生和鲁迅的侄儿宏儿却非常要好。鲁迅于是大为感慨：他不愿意孩子们再像他那样辛苦辗转而生活，也不愿意他们像闰土那样辛苦麻木而生活，也不愿意他们像别人那样辛苦恣睢而生活。他们应该有新的生活。

这样的生活鲁迅没有能够亲眼看到。但是，今天这新的生活却确确实实地成为现实了。他那老朋友闰土的孙子过的就是这样的新生活，是他们所未经生活过的。按年龄计算起来，鲁迅大概没有见到过闰土的这个孙子。但这是不重要的，重要的是，鲁迅一生为天下的"孺子"而奋斗，今天他的愿望实现了。这真是天地间一大快事。如果鲁迅能够亲眼看到的话，他会感到多么欣慰啊！

我从闰土的孙子想到闰土,从现在想到过去。今昔一比,恍若隔世。我眼前看到的虽然只是闰土的孙子的笑容;但是,在我的心里,却仿佛看到了普天下千千万万孩子们的笑容,看到了全国人民的笑容。幸福的感觉油然流遍了我的全身。我就带着这样的感觉离开了那一个我以前已经熟悉、今天又亲眼看到的门口。

北京忆旧

我不是北京人,但是先后在北京住了四十六年之久,算得上一个"老北京"了。讲到回忆北京旧事,我自觉是颇有一些资格的。

可是,回忆并不总是愉快的。俗话说:"一部二十四史,不知从何处说起。"我遇到的也是这个困难,不是无可回忆,而是要回忆的东西实在太多了。一想到四十六年的北京生活,脑海里就像开了幻灯铺,一幕一幕,倏忽而过。论建筑则有楼台殿阁,佛寺尼庵,阳关大道,独木小桥,无穷无尽的影像。论人物则有男女老幼,国内国外,黑眼黑发,碧眼黄发,无穷无尽的面影。再加上自然风光,春花秋月,夏雨冬雪,延庆密林,西山红叶,混搅成一团,简直像是七宝楼台,海市蜃楼,五光十色,迷离模糊。到了此时,我自己几乎不知置身何地了。

现在先从小事回忆起吧。

我想回忆一下中关村电子一条街。

在我居京的四十六年中,有四十年我住在清华园和燕园,都同今天的电子一条街是近邻。自从我国政府决定在海淀区成立一种经济特区以来,电子一条街就名扬四海。今天,在这里,几乎日夜车水马龙,熙熙攘攘,街两旁店铺鳞次栉比,如雨后春笋,经营的几乎都是先进技术。敏感之士已经感到,将来仅有的几家不是经营先进技术的铺子,比如说饭馆、服装店之类,将会逐渐被挤走,而代之以有能力付特高租金的店铺,将来在海淀区吃饭穿衣都要遇到困难了。我佩服这些人的先见之明。我这个人虽然也还算敏感,但还没有达到这样高的水平,我还没有这样的杞忧。我只是有时候回忆起几十年前的这个地方,心中憬然若有所悟。可惜今天有我这种感觉的人恐怕很少很少了。今天的青年,甚至中年,看到的只是眼前的繁华景象,他们想的是跃跃欲试,逐鹿于电子战场,成为胜利者,手挥微机,头戴桂冠。至于此地过去如何,确定与他们无关,何必去伤这一份脑筋呢?

我生也早,现在已近耄耋之年。早生有早生的好处,但也有早生的包袱。我现在背的就是这样的包袱。我看电子一条街,同中青年们不完全一样。我既看到现在热闹的一面,又看到过去与热闹截然相反的一面。有时候这两面在我眼前重叠起来,我很自然地就起流光如驶之感,不禁大为慨叹。这种慨叹有什么用处吗？我说不出，看来恐怕不会有多大用处。明知没有多大用处，又何苦去回忆呢？我是身不由己，无能为力。既然生早了，亲眼看到这个地方原先的情况，就无法抑制自己不去回忆。这就是我现在的包袱。

将近六十年前，当我住在清华园读书的时候，晚饭之后，有时候偕一两好友漫步出校南门，边走边谈，忘路之远近，间或走得颇远。留给我印象最深的是在深秋时分，我们往往走到一处人迹罕至的地方，衰草荒烟，景象萧森，举目四望，不见人家。但见野坟数堆，暮鸦几点，上下相映，益增荒寒，回望西天，残阳如血，余晖闪熠在枯草叶上。此时我感到鬼气森森，赶快收住脚步，转身回到清华园，仿佛又回到了人间。

计算地望，我当年到的那个地方，应该就是今天的中关村、电子一条街一带。这一点我认为是可以肯定的。我离开清华以后，再也没有到这里来过。一九四六年回到北京，也没有来过。一九五二年从城里搬到燕园，时过境迁，我对这个地方，早已忘得干干净净了。我在蓝旗营一公寓住了十年。初来时，门前的马路还没有。现在电子一条街修马路更在以后。这里修马路时，我当时的想法是，修这样宽的马路干吗呀！到了今天，马路扩展了一倍，仍然时有堵塞。仅仅三十几年，这里的变化竟如此巨大，我们的脑筋跟上时代的步伐竟如此困难。古人说沧海桑田，确有其事；论到速度，又是今非昔比了。

我从前读杨衒之《洛阳伽蓝记》、唐段成式《寺塔记》、刘肃《大唐新语》等书籍，常做遐想。书中描绘洛阳、长安等城市升沉演变的情况，作者一腔思古之幽情，流露于楮墨之间，读来异常亲切感人。我原以为这是古人的事，于今渺矣茫矣。但是，现在看来，我自己亲身经历的类似电子一条街这样的变迁，岂非同古人一模一样吗？唯一的区别只在于，我只经历了六七十年，而古人经历得比较长而已。六七十年在人类历史上不能算太长，但也不能说太短，中国历史上有一些朝代也不过如此。我个人的经历应该算得上一部短短的历史了。

  人是非常容易怀旧的，怀旧往往能带来某一种愉快。但是，到了我这样的年龄，我看到的经历过的已经太多太多了，"悲欢离合总无情"，有时候我连怀旧都有点懒怠了。今天写这一篇短文，一非想怀旧，二非想思古。不过偶尔想到，觉得别人未必知道，所以就写了下来。这绝不会影响电子一条街的人士发财致富，也不会帮助他们财运亨通。当他们饱饮可口可乐之余，对他们来说，这样琐细的回忆足资谈助而已。

一九八八年六月十一日

我在延吉吃的第一顿饭

今天是我的生日。我来到这个世界上已经整整八十一年了。按天数算,共是二万九千五百六十五天。平均每天吃三顿饭,共吃了八万八千六百九十五顿饭。顿数多得不可谓不惊人了。而且我还吃遍了世界上三十个国家的饭。多么好吃的,多么难吃的,多么奇怪的,多么正常的,我都吃过,而且都吃得下去。我自谓饭学已极精通,可以达到国际特级大师的标准了。对吃饭之事圆融自在,已臻化境。只要有饭可吃,我便吃之。吃饭真成了俗话说的"家常便饭"了。

到了延吉,刚一下飞机,到机场迎接我们的延边大学郑判龙副校长、卢东文人事处长、王文宏女士和金宽雄博士,随随便便一说:"我们到朝鲜冷面馆去吃个便饭吧!"客随主便,我就随随便便地答应了。数千里劳顿之余,随便吃一点便饭,难道还不是世间最惬意的事吗?

我们好像是随便走进一家饭馆,坐在桌旁,我万没有想到,不远千里来避暑的延吉,热得竟超过了北京。在挥汗如雨之余,菜逐渐上桌了。除了有点朝鲜风味以外,菜都是平平常常的,一点也没有引起我的特别注意。只有肚子确实有点空了,于是就大吃起来。好在主人几乎都是老朋友,他们不特别讲求礼仪,强客人之所难;我们也就脱落形迹,不故作虚伪,任性之所好,随随便便地大吃起来。此时好像酷暑骤退,满座生春,我真有点怡然自得,"不知何处是家乡"了。

然而,正在此时,厨师却端上了一条活蹦乱跳的大鳞鱼来,鱼摇着尾巴,口一张一合,双鳍摆动,每一个鳞片都闪出了耀眼的珍珠似的白光。我立即大吃一惊,把眼睛瞪得圆而且大,眼里面的白内障还有什么结膜炎,仿佛一扫而空,又能洞见纤微,视芥子如须弥山了。我真不知道,我们这一群可敬可爱的延吉的老朋友主人,葫芦里想卖什么药。我的心怦怦直跳,不知如何是好。我以为还会有火锅之类的东西端上桌来。说不定厨师还会亲临前线,表演一下杀煮活鱼的神奇手段,好像古代匠人运斤成风。或者从制钱的小眼里把香油灌入瓶中。我屏住了呼吸,虔心以待。

可是主人却拿起了筷子,连声说:"请!请!"他是要我们下筷子吃鱼了。他似乎看出了我们的困惑,首先用筷子尖一扒拉,仿佛是一个魔术师似的,一整块连着鱼肉的鱼鳞被掀了起来，露出了鱼肉，粉红色的肉上横贯着一条深红的线。再一细看，鱼肉并非一个整体，而是已经被切成了鱼片。只需用筷子一拨，再一夹，一片生嫩——用广东话来说，应该是生猛吧——的鱼片就能纳入口中了。

我怎么办呢？我的心直跳，眼直瞪，手直颤，唇直抖。我行年八十，生平面临的考验，多如牛毛，而且五花八门，种类繁多。但是，今天这样的考验，我却还没有面临过，而且连梦想也没有想到过。我鼓足了勇气，拿起了筷子，手哆里哆嗦地，把筷子伸向鱼身，拨出了一片鱼肉，正想往嘴里放时，鱼忽然把尾巴摇了摇，双鳍摆了摆，瞪大了眼睛，张开了嘴巴。这一切好像都是对着我来的。我的心跳动得更厉害了。我不能也不敢再把鱼片放回原处。眼睛一闭，狠心一下，硬是把鱼片塞进嘴内。鱼片究竟是什么滋味，大家可以自己想象了。

可是，好客的主人却偏偏要遵照当地人民的习惯，一定要把盛鱼的瓷盘改动位置，一定要让鱼头对准座上的主宾，就今天来说，当然就是我了。这真是火上加油，"屋漏偏遭连夜雨，船破又遇打头风"。我心情迷离，神志恍惚，怵然、悚然、怆然、怂然、悻然、惘然无所措手足，一下子沉入梦幻之中……

我听到这一条仅仅剩下头和尾巴的鱼最初是慢声细气地开口对我说话了："你可知道，你们人是从鱼变来的吗？我们鱼类，本领也是异常惊人的。我们一条鱼一下子就能够下子成千上万；如果没有什么东西遏制我们，用不了多少时间，我们鱼就能够把世界上的江、河、湖、海统统填满。你们人有什么本领呢？不知道是你们走了什么后门，让造化小鬼把你们变成了人，我们则是千万年以来，毫不进化，仍然留在水里，当我们的鱼类。我们并没有闹情绪，找领导，闹而优则人。我们是正派的、正直的、乐天知命的。既然命定为鱼，我们就顺顺从从，任人宰割。我们自我感觉良好，从无非分之想，我们本来是鱼嘛！"

我毛骨悚然，屁股下面发热，有点坐不住了。我以为鱼已经把话说完了呢，然而不然。鱼摇了两下尾巴，张了张嘴，又说了起来："可你们人也真太损了，你们的花样也真太多了。你们在钩心斗角之余，把心思全用在吃上。德国人心眼稍微好一点，他们的法律不允许把活着的鱼带回家。日本人吃生鱼片，已经可以说花样翻新了。可是你们中国人呢，以这样一个聪明伟大的民族，早年奋发图强，对世界文化做出过卓越的贡献。后来就渐渐地劲头不够了，专门讲究吃喝，还美其名曰饮食文化。这也罢了，可你们把闹派系的本领也用到饮食上来。全国分出了京、鲁、川、粤、湘、苏等不知道多少菜系。这也罢了。可你们不知道从哪里来的一股劲，专跟我们鱼类干上了。哪一个菜系也不放过我们，而且还是煎、炸、煮、炒、涮、烹、腌、烤，弄得我们狼狈不堪，魂不守舍。最可怕的是四川的干烧，浑身是辣椒，辣得我们的魂儿都喘不过气来。这些你都知道吗？"

我喘了一口气，以为鱼的训话已经结束。正当我伸出筷子想夹住最后一片鱼片的时候，鱼的嘴张得更大了，声音也更提高了，又说了下去："在延吉这里，你们这些人不知道从哪里来了这样一股邪劲，非要让我们完全活着，神志完全清醒，把我们的鳞皮揭开，把我们身上正面反面的肉都切成了一片一片的，再把鳞皮盖上，宛然是一条活而整的鱼，端到饭桌上来，先让你们这些外地来的乡巴佬瞪大了眼睛，大大地吃上一惊，然后再怀着胆怯、兴奋、好奇而又愉快的心情，在主人的'请！请！请！'的催促下，一齐伸出了筷子。我瞪着眼，摇着尾巴，摆动双鳍，以示抗议，可我发不出声音。难道只有看到我眼瞪、尾摇、嘴巴张，你们咀嚼着我的肉才觉得香吗？你们这是一种什么心理呀！你要告诉我！否则，即使你把我的残骸做成了酸辣汤，我也是不能瞑目的！"

听着、听着，我完全吓呆了，我一句话也说不出来，而别人正吃风甚健，然而这一条鱼却不给我留一点情面，它穷追不舍，它喝道：

"你可是说话呀！

"你可是说话呀！

"你可是说话呀！"

我浑身觳觫，脸上流汗，双腿发抖，心里打鼓，茫然，困然，不知所措，我只有低头沉思，潜心默祷，又陷入了梦幻中。"鱼呀！你今生舍身饲人，广积阴德。涅槃之后，走入六道轮回，来生绝不会再托生成鱼，而定是转生成人。'二十年后，又是一条好汉。'等我庆祝百岁诞辰时，一定再来延吉。那时，我请你吃饭，无论如何也不会再把你前生的同类活蹦乱跳地端到饭桌上来了。呜呼！今生休矣，来生可卜。阿门！拜拜！你安息吧！"

沉思完毕，心情怡悦，一下子走出了梦幻，跟着延吉的主人，走出饭店，汇入花花世界的人间，兴致盎然，欣赏我平生八十一年从未见过的延吉的风情。

一九九二年八月六日

我爱北京的小胡同

我爱北京的小胡同，北京的小胡同也爱我，我们已经结下了永恒的缘分。

六十多年前，我到北京来考大学，就下榻于西单大木仓里面一条小胡同中的一个小公寓里。白天忙于到沙滩北大三院去应试。北大与清华各考三天，考得我焦头烂额，筋疲力尽；夜里回到公寓小屋中，还要忍受臭虫的围攻，特别可怕的是那些臭虫的空降部队，防不胜防。

但是，我们这一帮山东来的学生仍然能够苦中作乐。在黄昏时分，总要到西单一带去逛街。街灯并不辉煌，"无风三尺土，有雨一街泥"，也会令人不快。我们却甘之若饴。耳听铿锵清脆、悠扬有致的京腔，如闻仙乐。此时鼻管里会蓦然涌入一股幽香，是从路旁小花摊上的栀子花和茉莉花那里散发出来的。

回到公寓，又能听到小胡同中的叫卖声："驴肉！驴肉！""王致和的臭豆腐！"其声悠扬、深邃，还含有一点凄清之意。这声音把我送入梦中，送到与臭虫搏斗的战场上。

将近五十年前，我在欧洲待了十多年以后，又回到了故都。这一次是住在东城的一条小胡同里：翠花胡同，与南面的东厂胡同为邻。我住的地方后门在翠花胡同，前门则在东厂胡同，据说是明朝的特务机关东厂所在地，是折磨、囚禁、拷打、杀害所谓"犯人"的地方。冤死之人极多，他们的鬼魂据说常出来显灵。我是不相信什么鬼怪的，我感兴趣的不是什么鬼怪显灵，而是这一所大房子本身。它地跨两条胡同，其大可知。里面重楼复阁，四廊盘曲，院落错落，花园重叠，一个陌生人走进去，必然是如入迷宫，不辨东西。

然而，这样复杂的内容，无论是从前面的东厂胡同，还是从后面的翠花胡同，都是看不出来的。外面十分简单，里面十分复杂；外面十分平凡，里面十分神奇。这是北京许多小胡同共有的特点。

据说当年黎元洪大总统在这里住过。我住在这里的时候，北大校长胡适住在黎住过的房子中。我住的这个地方仅仅是这个院子的一个旮旯，在西北角上。但是这个旮旯并不小，是一个三进的院子，我第一次体会到"庭院深深深几许"的意境。我住在最深一层院子的东房中，院子里摆满了汉代的砖棺。这里本来就是北京的一所"凶宅"，再加上这些棺材，黄昏时分，总会让人感觉到鬼影幢幢，毛骨悚然。所以很少有人敢在晚上来拜访我。我每日"与鬼为邻"，倒也过得很安静。

第二进院子里有很多树木，我最初没有注意是什么树。有一个夏日的晚上，刚下过一阵雨，我走在树下，忽然闻到一股幽香。原来这些是马缨花树，树上正开着繁花，幽香就是从这里散发出来的。这一下子让我回忆起十几年前西单的栀子花和茉莉花的香气。当时我是一个十九岁的大孩子，现在成了中年人。相距近二十年的两个我，忽然融合到一起来了。

不管是六十多年，还是五十年，都成为过去了。现在北京的面貌天天在改变，层楼摩天，国道宽敞。然而那些可爱的小胡同，却日渐消逝，被摩天大楼吞噬掉了。看来在现实中小胡同的命运和地位都要日趋消沉，这是不可抵御的，也不一定就算是坏事。可是我仍然执着地关心我的小胡同。就让它们在我的心中占一个地位吧，永远，永远。

我爱北京的小胡同，北京的小胡同也爱我。

一九九三年十月二十五日

四

一寸光阴不可轻

只要活着,
就要活得像个人样子。

时间

一抬头，就看到书桌上座钟的秒针在一跳一跳地向前走动。它那里一跳，我的心就一跳。孔子说："逝者如斯夫，不舍昼夜！"这里指的是水。水永远不停地流逝，让孔夫子吃惊兴叹。我的心跳，跳的是时间。水是能看得见，摸得着的。时间却看不见，摸不着，它的流逝你感觉不到，然而确实是在流逝。现在我眼前摆上了座钟，它的秒针一跳一跳，让我再清楚不过地看到了时间的流逝，焉能不心跳？焉能不兴叹呢？

远古的人大概是很幸福的。他们日出而作，日入而息，根据太阳的出没来规定自己的活动。即使能感到时间的流逝，也只在依稀隐约之间。后来，他们聪明了，根据太阳光和阴影的推移，把时间称作光阴。再后来，人们的聪明才智更提高了，用铜壶滴漏的办法来显示和测定时间的推移，这是用人工来抓住看不见摸不着的时间的尝试。到了近几百年,人类发明了钟表,把时间的存在与流逝清清楚楚地摆在每一个人的面前。这是人类文明进步的表现。但是,正如人们常说的那样,"有一利必有一弊",人类成了时间的奴隶,成了手表的奴隶。现在各种各样的会极多,开会必须规定时间,几点几分,不能任意伸缩。如果参加重要的会而路上偏偏赶上堵车,任你怎样焦急,怎样频频看手表,都是白搭。这不是典型的时间的奴隶又是什么呢?然而,话又说了回来,在今天头绪纷纭杂乱有章的社会里,开会不定时间,还像古人那样"日出而作,日入而息",悠哉游哉,顺帝之则,今天的社会还能运转吗?不管你愿意不愿意,成为时间的奴隶就正是文明的表现。

不管你意识到还是没有意识到,大自然还是把虚无缥缈的时间用具体的东西暗示给了人们。比如用日出日落标志出一天,用月亮的圆缺标志出一月,用四季(在印度是六季或者两季)标志出一年。农民最关心这些问题,一年二十四个节气对他们种庄稼有重要意义。在自然科学家和哲学家眼中,时间具有另外的意义。他们说,大千世界,人类万物,都生长在时间和空间内,而时间是无头无尾的,空间是无边无际的。我既不是自然科学家,也不是哲学家,对无头无尾和无边无际实在难以理解。可是不这样又能怎样呢?如果时间有了头尾,头以前尾以后又是什么呢?因此,难以理解也只得理解,此外更没有其他途径。

生与死也属于时间范畴。一般人总是把生与死绝对对立起来。但是，中国古代的道家却主张"万物方生方死"，把生与死辩证地联系在一起，而且准确无误地道出了生即是死的关系。随着座钟秒针的一跳，我自己就长了无法用言语表达出来的那么一点点。同时也就是向着死亡走近了那么一点点。不但我是这样，现在正是初夏，窗外的玉兰花、垂柳和深埋在清塘里的荷花，也都长了那么一点点。不久前还是冰封的湖水，现在是"风乍起，吹皱一池夏水"，波光潋滟，水色接天。岸上的垂杨，从光秃秃的枝条上逐渐长出了小叶片，一转瞬间，出现了一片鹅黄；再一转瞬，就是一片嫩绿，现在则是接近浓绿了。小山上原来是一片枯草，"一夜东风送春暖，满山开遍二月兰"。今年是二月兰的大年，山上地下，只要有空隙，二月兰必然出现在那里，座钟的秒针再跳上多少万次，二月兰即将枯萎，也就是走向暂时的死亡了。所有这些东西，都是方生方死。这是自然的规律，不可逆转的。

　　印度人是聪明的，他们把时间和死亡视为一物。梵文 hāla，既是"时间"，又是"死亡或死神"。《罗摩衍那》的主人公罗摩，在活了极长的时间以后，hāla 走上门来，这表示他就要死亡了。罗摩泰然处之，既不"饮恨"，也不"吞声"。他知道这是自然规律，人类是无能为力的。我们今天知道，不但人类是这样，世界上万事万物都有始有终，无一例外。"顺其自然"是最好的办法。我在这里顺便说一下。在梵文里，动词"死"的字根是 mn；但是此字不用 manati 来表示现在时，而是用被动式

mniyati（ti），这表示，印度人认为"死"是被动的，主动自杀者究属少数。

同印度人比较起来，中国人大概希望争取长生。越是有钱有势的人越希望活下去，在旧社会里生活在水深火热中的小百姓，决不会愿意长远活下去的。而富有天下的天子则热切希望长生。中国历史上几位有名的英主，莫不如此。秦始皇和汉武帝都寻求不死之药或者仙丹什么的。连唐太宗都是服用了印度婆罗门的"仙药"而中毒身亡的。老百姓书呆子中也有寻求肉身升天的，而且连鸡犬都带了上去。我这个木头脑袋瓜真想也想不通。如果真有那么一个"天"的话，人数也不会太多。升到那里去干些什么呢？那里不会有官僚衙门，想走后门靠贿赂来谋求升官，没有这个可能。那里也不会有什么市场，什么WTO[1]，想发财也英雄无用武之地。想打麻将，唱卡拉OK，唱几天，打几天，还是会有兴趣的，但让你一月月一年年永远打下去，你受得了吗？养鸡喂狗，永远喂下去，你也受不了。"不为无益之事，何以遣有涯之生！"无益之事天上没有。在天上待长了，你一定会自杀的。苏东坡说"起舞弄清影，何似在人间！"是有见地之言。我们还是老老实实待在人间吧。

要待在人间，就必须受时间的制约。在时间面前，人人平等。如果想不通我在上面说的那一些并不深奥的道理，时间就

---

[1] 即"世界贸易组织"。

变成了枷锁，让你处处感到不舒服。但是，如果真想通了，则戴着枷锁跳舞反而更能增加一些意想不到的兴趣。我自认是想通了。现在照样一抬头就看到书桌上座钟的秒针一跳一跳地向前走动，但是我的心却不跳了。我觉得这是时间给我提醒，让我知道时间的价值。"一寸光阴不可轻"，朱子这一句诗对我这个年过九十的老头也是适用的。

二〇〇二年三月三十一日

当时只道是寻常

这是一句非常明白易懂的话,却道出了几乎人人都有的感觉。所谓"当时"者,指人生过去的某一个阶段。处在这个阶段中时,觉得过日子也不过如此,是很寻常的。过了十几二十年或者更长的时间,回头一看,当时实在有不寻常者在。因此有人,特别是老年人,喜欢在回忆中生活。

在中国,这种情况更比较突出,魏晋时代的人喜欢做"羲皇上人"。这是一种什么心理呢?"鸡犬之声相闻,而老死不相往来",真就那么好吗?人类最初不会种地,只是采集植物,猎获动物,以此为生。生活是十分艰苦的。这样的生活有什么可向往的呢!

然而,根据我个人的经验,发思古之幽情,几乎是每个人都有的。到了今天,沧海桑田,世界有多少次巨大的变化。人们思古的情绪却依然没变。我举一个具体的例子。十几年前，我重访了我曾待过十年的德国哥廷根。我的老师瓦尔德施米特教授夫妇都还健在。但已今非昔比，房子捐给梵学研究所，汽车也已卖掉。他们只有一个独生子，二战中阵亡。此时老夫妇二人孤零零地住在一座十分豪华的养老院里。院里设备十分齐全，游泳池、网球场等一应俱全。但是，这些设备对七八十岁、八九十岁的老人有什么用处呢？让老人们触目惊心的是，每隔一段时间就有某一个房号空了出来，主人见上帝去了。这对老人们的刺激之大是不言而喻的。我的来临大出教授的意料，他简直有点喜不自胜的意味。夫人摆出了当年我在哥廷根时常吃的点心。教授仿佛返老还童，回到了当年去了。他笑着说："让我们好好地过一过当年过的日子，说一说当年常说的话！"我含着眼泪离开了教授夫妇，嘴里说着连自己都不相信的话："过一两年，我还会来看你们的。"

我的德国老师不会懂"当时只道是寻常"的隐含的意蕴，但是古今中外人士所共有的这种怀旧追忆的情绪却是有的。这种情绪通过我上面描述的情况完全流露出来了。

仔细分析起来，"当时"是很不相同的。国王有国王的"当时"，有钱人有有钱人的"当时"，平头老百姓有平头老百姓的"当时"。在李煜眼中，"当时"是车如流水马如龙，花月正春风游上林苑的"当时"。对此，他没有别的办法，只有哀叹"天上人间"了。

我不想对这个概念再进行过多的分析。本来是明明白白的一点真理，过多的分析反而会使它迷离模糊起来。我现在想对自己提出一个怪问题：你对我们的现在，也就是眼前这个现在，感觉到是寻常呢，还是不寻常？这个"现在"，若干年后也会成为"当时"的。到了那时候，我们会不会说"当时只道是寻常"呢？现在无法预言。现在我住在医院中，享受极高的待遇。应该说，没有什么不满足的地方。但是，倘若扪心自问："你认为是寻常呢，还是不寻常？"我真有点说不出，也许只有到了若干年后，我才能说："当时只道是寻常。"

二〇〇三年六月二十日

一寸光阴不可轻

中华乃文章大国，北大为人文渊薮，两者实有密不可分的联系，倘机缘巧遇，则北大必能成为产生文学家的摇篮。五四运动时期是一个具体的例证，最近几十年来又是一个鲜明的例证。在这两个时期的中国文坛上，北大人灿若列星。这一个事实我想人们都会承认的。

最近若干年来，我实在忙得厉害，像二十世纪五十年代那样在教书和搞行政工作之余，还能有余裕的时间读点当时的文学作品的"黄金时代"一去不复返了。不过，幸而我还不能算是一个懒汉，在"内忧""外患"的罅隙里，我总要挤出点时间来，读一点北大青年学生的作品。《校刊》上发表的文学作品，我几乎都看。前不久我读到《北大往事》，这是北大二十世纪七十、八十、九十三个年代的青年回忆和写北大的文章。其中有些篇思想新鲜活泼，文笔清新俊逸，真使我耳目为之一新。中国古人说："雏凤清于老凤声。"我——如果大家允许我也在其中滥竽一席的话——和我们这些"老凤"，真不能不向你们这一批"雏凤"投过去羡慕和敬佩的眼光了。

但是，中国古人又说："满招损，谦受益。"我希望你们能够认真体会这两句话的含义。"倚老卖老"，固不足取，"倚少卖少"也同样是值得青年人警惕的。天下万事万物，发展永无穷期。人外有人，天外有天，"老子天下第一"的想法是绝对错误的。你们对我们老祖宗遗留下来的浩如烟海的文学作品必须有深刻的了解。最好能背诵几百首旧诗词和几十篇古文，让它们随时涵蕴于你们心中，低吟于你们口头。这对于你们的文学创作和人文素质的提高，都会有极大的好处。不管你们现在或将来是教书、研究、经商、从政，或者是做专业作家，都是如此，概莫能外。对外国的优秀文学作品，也必实下一番功夫，简练揣摩。这对你们的文学修养是绝不可少的。如果能做到这一步，则你们必然能融会中西，贯通古今，创造出更新更美的作品。

宋代大儒朱子有一首诗，我觉得很有针对性，很有意义，我现在抄给大家：

少年易老学难成，
一寸光阴不可轻。
未觉池塘春草梦，

阶前梧叶已秋声。

　　这一首诗，不但对青年有教育意义，对我们老年人也同样有教育意义。文字明白如画，用不着过多地解释。光阴，对青年和老年，都是转瞬即逝，必须爱惜。"一寸光阴一寸金，寸金难买寸光阴。"这是我们古人留给我们的两句意义深刻的话。

　　你们现在是处在"燕园幽梦"中，你们面前是一条阳关大道，是一条铺满了鲜花的阳关大道。你们要在这条大道上走上六十年，七十年，八十年，或者更多年，为人民，为人类做出出类拔萃的贡献。但愿你们永不忘记这一场燕园梦，永远记住自己是一个北大人，一个值得骄傲的北大人，这个名称会带给你们美丽的回忆，带给你们无量的勇气，带给你们奇妙的智慧，带给你们悠远的憧憬。有了这些东西，你们就会自强不息，无往不利，不会虚度此生。这是我的希望，也是我的信念。

一九九八年五月三日

如何利用时间

时间就是生命,这是大家都知道的道理。而且时间是一个常数,对谁都一样,谁每天也不会多出一秒半秒。对我们研究学问的人来说,时间尤其珍贵,更要争分夺秒。但是各人的处境不同,对某一些人来说就有一个怎样利用时间的"边角废料"的问题。这个怪名词是我杜撰出来的。时间摸不着看不见,但确实是一个整体,哪里会有什么"边角废料"呢?这只是一个形象的说法。平常我们做工作,如果一整天没有人和事来干扰,你可以从容濡笔,悠然怡然,再佐以龙井一杯,云烟三支,神情宛如神仙,整个时间都是你的,那就根本不存在什么"边角废料"问题。但是有多少人能有这种神仙福气呢?鲁钝如不佞者几十年来就做不到。建国以来,我搞了不知多少社会活动,参加了不知多少会,每天不知有多少人来找,心烦意乱,啼笑皆非。回想十年浩劫期间，我成了"不可接触者"，除了蹲牛棚外，在家里也是门可罗雀。《罗摩衍那》译文八巨册就是那时候的产物。难道为了读书写文章就非变成"不可接触者"或者右派不行吗？浩劫一过，我家又是门庭若市，而且参加各种各样的会，终日马不停蹄。我从前读过马雅可夫斯基的《开会迷》和张天翼的《华威先生》，觉得异常可笑，岂意自己现在就成了那一类人物，岂不大可哀哉！但是，人在无可奈何的情况下是能够想出办法来的。现在我既然没有完整的时间，就挖空心思利用时间的"边角废料"。在会前、会后，甚至在会中，构思或动笔写文章。有不少会，讲话空话废话居多，传递的信息量却不大，态度欠端，话风不正，哼哼哈哈，不知所云，又佐之以"这个""那个"，间之以"唵""啊"，白白浪费精力，效果却是很少。在这时候，我往往只用一个耳朵或半个耳朵去听，就能兜住发言的全部信息量，而把剩下的一个耳朵或一个半耳朵全部关闭，把精力集中到脑海里，构思，写文章。当然，在飞机上、火车上、汽车上，甚至自行车上，特别是在步行的时候，我脑海里更是思考不停。这就是我所说的利用时间的"边角废料"。积之既久，养成"恶"习，只要在会场一坐，一闻会味，心花怒放，奇思妙想，联翩飞来；"天才火花"，闪烁不停；此时文思如万斛泉涌，在鼓掌声中，一篇短文即可写成，还耽误不了鼓掌。倘多日不开会，则脑海活动，似将停止，"江郎"仿佛"才尽"。此时我反而期望开会了。这真叫作没有法子。

九十述怀

杜甫诗：人生七十古来稀。对旧社会来说，这是完全正确的，因为它符合实际情况。但是，到了今天，老百姓却创造了三句顺口溜：七十小弟弟，八十多来兮，九十不稀奇。这也是完全正确的，因为它符合实际情况。

但是，对我来说，却另有一番纠葛。我行年九十矣，是不是感到不稀奇呢？答案是：不是，又是。不是者，我没有感到不稀奇，而是感到稀奇，非常地稀奇。我曾在很多地方都说过，我在任何方面都是一个没有雄心壮志的人，我不会说大话，不敢说大话，在年龄方面也一样。我的第一本账只计划活四十岁到五十岁。因为我的父母都只活了四十多岁，遵照遗传的规律，遵照传统伦理道德，我不能也不应活得超过了父母。我又哪里知道，仿佛一转瞬间，我竟活过了从心所欲不逾矩之年，又进入了耄耋的境界,要向期颐进军了。这样一来,我能不感到稀奇吗?

但是,为什么又感到不稀奇呢?从目前的身体情况来看,除了眼睛和耳朵有点不算太大的问题和腿脚不太灵便外,自我感觉还是良好的,写一篇一两千字的文章,倚马可待。待人接物,应对进退,还是难得糊涂的。这一切都同十年前,或者更长的时间以前,没有什么两样。李太白诗:高堂明镜悲白发。我不但发已全白(有人告诉我,又有黑发长出),而且秃了顶。这一切也都是事实,可惜我不是电影明星,一年照不了两次镜子,那一切我都不视不见。在潜意识中,自己还以为是朝如青丝哩。对我这样无知无识、麻木不仁的人,连上帝也没有办法。在这样的情况下,我怎么能不感到不稀奇呢?

但是,我自己又觉得,我这种精神状态之所以能够产生,不是没有根据的。我国现行的退休制度,教授退休年龄是六十岁到七十岁。可是,就我个人而论,在学术研究上,我的冲刺起点是在八十岁以后。开了几十年的会,经过了不知道多少次政治运动,做过不知道多少次自我检查,也不知道多少次对别人进行批判,最后又经历了十年浩劫,对酒当歌,人生几何?我自己的一生就是这样白白地消磨过去了。如果不是造化小儿对我垂青,制止了我实行自己年龄计划的话,在我八十岁以前(这也算是高寿了)就遽归道山了,我留给子孙后代的东西恐怕是不会多的。不多也不一定就是坏事。留下一些不痛不痒、灾梨祸枣的所谓著述，对任何人都没有好处。但是，对我自己来说，恐怕就要另案处理了。

在从八十岁到九十岁这个十年内，在我冲刺开始以后，颇有一些值得纪念的甜蜜的回忆。在撰写我一生最长的一部长达八十万字的著作《糖史》的过程中，颇有一些情节值得回忆，值得玩味。在长达两年的时间内，我每天跑一趟大图书馆，风雨无阻，寒暑无碍。燕园风光旖旎，四时景物不同。春天姹紫嫣红，夏天荷香盈塘，秋天红染霜叶，冬天六出蔽空。称之为人间仙境，也不为过。然而，在这两年中，我几乎天天都在这样瑰丽的风光中行走。可是我都视而不见，甚至不视不见。未名湖的涟漪，博雅塔的倒影，被外人视为奇观的胜景，也未能逃过我的漠然，憎然，无动于衷。我心中想到的只是大图书馆中的盈室满架的图书，鼻子里闻到的只有那里的书香。

《糖史》的写作完成以后，我又把阵地从大图书馆移到家中来，运筹于斗室之中，决战于几张桌子之上。我研究的对象变成了吐火罗文 A 方言的《弥勒会见记》剧本。这也不是一颗容易咬的核桃，非用上全力不行。最大的困难在于缺乏资料，而且多是国外的资料。没有办法，只有时不时地向海外求援。现在虽然号称为信息时代，可是我要的消息多是刁钻古怪的东西，一时难以搜寻，我只有耐着性子恭候。舞笔弄墨的朋友，大概都能体会到，当一篇文章正在进行写作时，忽然断了电，你心中真如火烧油浇，然而却毫无办法，只盼喜从天降了，只能听天由命了。此时燕园旖旎的风光，对于我似有似无，心里想到的，切盼的只有海外的来信。如此又熬了一年多，《弥勒会见记》剧本英译本终于在德国出版了。

两部著作完了以后，我平生大愿算是告一段落。痛定思痛，蓦地想到了，自己已是望九之年了。这样的岁数，古今中外的读书人能达到的只有极少数。我自己竟能置身其中，岂不大可喜哉！

我想停下来休息片刻，以利再战。这时就想到，我还有一个家。在一般人心目中，家是停泊休息的最好的港湾。我的家怎样呢？直白地说，我的家就我一个孤家寡人，我就是家，我一个人吃饱了，全家不害饿。这样一来，我应该感觉很孤独了吧？然而并不。我的家庭成员实际上并不止我一个人。我还有四只极为活泼可爱的，一转眼就偷吃东西的，从我家乡山东临清带来的白色波斯猫，眼睛一黄一蓝。它们一点礼节都没有，一点规矩都不懂，时不时地爬上我的脖子，为所欲为，大胆放肆。有一只还专在我的裤腿上撒尿。这一切我不但不介意，而且顾而乐之，让猫们的自由主义恶性发展。

我的家庭成员还不止这样多，我还养了两只山大小校友张衡送给我的乌龟。乌龟这玩意儿，现在名声不算太好，但在古代却是长寿的象征。有些人的名字中也使用龟字，唐代就有李龟年、陆龟蒙等等。龟们的智商大概低于猫们，它们绝不会从水中爬出来爬上我的肩头。但是，龟们也自有龟之乐，当我向它们喂食时，它们伸出了脖子，一口吞下一粒，它们显然是愉快的。可惜我遇不到惠施，它们绝不会同我争辩，我何以知道龟之乐。

我的家庭成员还没有到此为止，我还饲养了五只大甲鱼。甲鱼，在一般老百姓嘴里叫王八，是一个十分不光彩的名称，人们讳言之。然而我却堂而皇之地养在大瓷缸内，一视同仁，毫无歧视之心。是不是我神经出了毛病？用不着请医生去检查，我神经十分正常。我认为，甲鱼同其他动物一样有生存的权利。称之为王八，是人类对它的诬蔑，是向它头上泼脏水。可惜甲鱼无知，不会到世界最高法庭上去状告人类，还要求赔偿名誉费若干美元，而且要登报声明。我个人觉得，人类在新世纪，新千年中最重要的任务是处理好与大自然的关系。恩格斯已经警告过我们：不能过分陶醉于我们对自然界的胜利，对于每一次这样的胜利，自然界都报复了我们。一百多年来的历史事实，日益证明了恩格斯警告之正确与准确。在新世纪中，人类首先必须改恶向善，改掉乱吃其他动物的恶习。人类必须遵守宋代大儒张载的话："民吾同胞，物吾与也。"把甲鱼也看成是自己的伙伴，把大自然看成是自己的朋友，而不是征服的对象。这样一来，人类庶几能有美妙光辉的前途。至于对我自己，也许有人认为我是《世说新语》中的人物，放诞不经。如果真是的话，那就……那就由他去吧。

再继续谈我的家和我自己。

我在十年浩劫中，自己跳出来反对那位倒行逆施的老佛爷，被打倒在地，被戴上了无数顶莫须有的帽子，天天被打，被骂。最初也只觉得滑稽可笑。但谎言说上一千遍，就变成了真理，最后连我自己都怀疑起来了：此身合是坏人未？泪眼迷离问苍天。其实我并没有那么坏，但在许多人眼中，我已经成了一个"不可接触者"。

然而，世事多变，人间正道。不知道是怎么一来，我竟转身一变成了一个"极可接触者"。我常以知了自比。知了的幼虫最初藏在地下，黄昏时爬上树干，天一明就蜕掉了旧壳，长出了翅膀，长鸣高枝，成了极富诗意的虫类，引得诗人倚杖柴门外，临风听暮蝉了。我现在就是一只长鸣高枝的蝉，名声四被，头上的桂冠比"文革"中头上戴的高帽子还要高出许多，有时候我自己都觉得脸红。其实我自己深知，我并没有那么好。然而，我这样发自肺腑的话，别人是不会相信的。这样一来，我虽孤家寡人，其实家里每天都是热闹非凡的。有一位多年的老同事，天天到我家里来"打工"，处理我的杂务，照顾我的生活，最重要的事情是给我读报，读信，因为我眼睛不好。还有就是同不断打电话来或者亲自登门来的自称是我的崇拜者的人们打交道。学校领导因为觉得我年纪已大，不能再招待那么多的来访者，在我门上贴出了通告，想制约一下来访者的袭来。但用处不大，许多客人都视而不见，照样敲门不误。有少数人竟在门外荷塘边上等上几个钟头。除了来访者、打电话者外，还有扛着沉重的录像机而来的电视台的导演和记者，以及每天都收到的数量颇大的信件和刊物。有一些年轻的大中学生，把我看成了有求必应的土地爷，或者能预言先知的季铁嘴，向我请求这请求那，向我倾诉对自己父母都不肯透露的心中的苦闷。这些都要我那位"打工"的老同事来处理，我那位打工者此时就成了拦驾大使。想尽花样，费尽唇舌，说服那些想来采访，想来拍电视的好心和热心又诚心的朋友，请他们少安毋躁。这是极为繁重而困难的工作，我能深切体会。其忙碌困难的情况，我是能理解的。

最让我高兴的是，我结交了不少新朋友。他们都是著名的书法家、画家、诗人、作家、教授。我们彼此之间，除了真挚的感情和友谊之外，绝无所求于对方。我是相信缘分的，有缘千里来相会，无缘对面不相识，缘分是说不明道不白的东西，但又确实存在。我相信，我同朋友之间就是有缘分的。我们一见如故，无话不谈。没见面时，总惦记着见面的时间；既见面则如鱼得水，心旷神怡；分手后又是朝思暮想，忆念难忘。对我来说，他们不是亲属，胜似亲属。有人说：人生得一知己足矣。我得到的却不只是一个知己，而是一群知己。有人说我活得非常滋润。此情此景，岂是"滋润"二字可以了得！

我是一个呆板保守的人，秉性固执。几十年养成的习惯，我绝不改变。一身卡其布的中山装，国内外不变，季节变化不变，别人认为是老顽固，我则自称是"博物馆的人物"，以示抵抗，后发制人。生活习惯也绝不改变。四五十年来养成了早起的习惯,每天早晨四点半起床,前后差不了五分钟。古人说黎明即起,对我来说,这话夏天是适合的,冬天则是在黎明之前几个小时,我就起来了。我五点吃早点,可以说是先天下之早点而早点。吃完立即工作。我的工作主要是爬格子。几十年来,我已经爬出了上千万的字。这些东西都值得爬吗?我认为是值得的。我爬出的东西不见得都是精金粹玉,都是甘露醍醐,吃了能让人升天成仙,但是其中绝没有毒药,绝没有假冒伪劣,读了以后至少能让人获得点享受,能让人爱国、爱乡、爱人类、爱自然、爱儿童、爱一切美好的东西。总之一句话,能让人在精神境界中有所收益。我常常自己警告说:人吃饭是为了活着,但活着绝不是为了吃饭。人的一生是短暂的,绝不能白白把生命浪费掉。如果我有一天工作没有什么收获,晚上躺在床上就愧疚难安,认为是慢性自杀。爬格子有没有名利思想呢?坦白地说,过去是有的。可是到了今天,名利对我都没有什么用处了,我之所以仍然爬,是出于惯性,其他冠冕堂皇的话,我说不出。爬格不知老已至,名利于我如浮云,或可能道出我现在的心情。

你想到过死没有呢?我仿佛听到有人在问。好,这话正问到节骨眼上。是的,我想到过死,过去也曾想到死,现在想得更多而已。在十年浩劫中,在一九六七年,一个千钧一发般的小插曲使我避免了走上自绝于人民的道路。从那以后,我认为,我已经死过一次,多活一天,都是赚的,到现在已经三十多年了，我真赚了个满堂满贯，真成为一个特殊的大富翁了。但人总是要死的，在这方面，谁也没有特权，没有豁免权。虽然常言道，黄泉路上无老少，但是，老年人毕竟有优先权。燕园是一个出老寿星的宝地。我虽年届九旬，但按照年龄顺序排队，我仍落在十几名之后。我曾私自发下宏愿大誓：在向八宝山的攀登中，我一定按照年龄顺序鱼贯而登，绝不抢班夺权，硬去加塞。至于事实究竟如何，那就请听下回分解了。

既然已经死过一次，多少年来，我总以为自己已经参悟了人生。我常拿陶渊明的四句诗当作座右铭：纵浪大化中，不喜亦不惧。应尽便须尽，无复独多虑。现在才逐渐发现，我自己并没能完全做到。常常想到死，就是一个证明。我有时幻想，自己为什么不能像朋友送给我摆在桌上的奇石那样，自己没有生命，但也绝不会有死呢？我有时候也幻想：能不能让造物主勒住时间前进的步伐，让太阳和月亮永远明亮，地球上一切生物都停住不动，不老呢？哪怕是停上十年八年呢？大家千万不要误会，认为我怕死怕得要命。绝不是那样。我早就认识到，永远变动，永不停息，是宇宙根本规律，要求不变是荒唐的。万物方生方死，是至理名言。江文通《恨赋》中说：自古皆有死，莫不饮恨而吞声。那是没有见地的庸人之举，我虽庸陋，水平还不会那样低。即使我做不到热烈欢迎大限之来临，我也绝不会饮恨吞声。

但是，人类是心中充满了矛盾的动物，其他动物没有思想，也就不会有这样多的矛盾。我忝列人类的一分子,心里面的矛盾总是免不了的。我现在是一方面眷恋人生,一方面却又觉得,自己活得实在太辛苦了,我想休息一下了。我向往庄子的话:夫大块载我以形,劳我以生。大家千万不要误会,以为我就要自杀。自杀那玩意儿我绝不会再干了。在别人眼中,我现在活得真是非常非常惬意了。不虞之誉,纷至沓来;求全之毁,几乎绝迹。我所到之处,见到的只有笑脸,感到的只有温暖。时时如坐春风,处处如沐春雨,人生至此,实在是真应该满足了。然而,实际情况却并不完全是这样惬意。古人说:不如意事常八九。这话对我现在来说也是适用的。我时不时地总会碰到一些令人不愉快的事情,让自己的心情半天难以平静。即使在春风得意中,我也有自己的苦恼。我明明是一头瘦骨嶙峋的老牛,却有时被认成是日产鲜奶千磅[1]的硕大的肥牛。已经挤出了奶水五百磅,还求索不止,认为我打了埋伏。其中情味,实难以为外人道也。这逼得我不能不想到休息。

我现在不时想到,自己活得太长了,快到一个世纪了。九十年前,山东临清县一个既穷又小的官庄出生了一个野小子,竟走出了官庄,走出了临清,走到了济南,走到了北京,走到了德国;后来又走遍了几个大洲,几十个国家。如果把我的足迹画成一条长线的话,这条长线能绕地球几周。我看过埃

---

[1] 英美制质量或重量单位。1 磅约合 0.4536 千克。

及的金字塔,看过两河流域的古文化遗址,看过印度的泰姬陵,看到非洲的撒哈拉大沙漠,以及国内外的许多名山大川。我曾住过总统府之类的豪华宾馆,会见过许多总统、总理一级的人物,在流俗人的眼中,真可谓极风光之能事了。然而,我走过的漫长的道路并不总是铺着玫瑰花的,有时也荆棘丛生。我经过山重水复,也经过柳暗花明;走过阳关大道,也走过独木小桥。我曾到阎王爷那里去报到,没有被接纳。终于曲曲折折,颠颠簸簸,坎坎坷坷,磕磕碰碰,走到了今天。现在就坐在燕园朗润园中一个玻璃窗下,写着《九十述怀》。窗外已是寒冬。荷塘里在夏天接天映日的荷花,只剩下干枯的残叶在寒风中摇曳。玉兰花也只留下光秃秃的枝干在那里苦撑。但是,我知道,我仿佛看到荷花蜷曲在冰下淤泥里做着春天的梦,玉兰花则在枝头梦着春意闹。它们都在活着,只是暂时地休息,养精蓄锐,好在明年新世纪,新千年中开出更多更艳丽的花朵。

  我自己当然也在活着。可是我活得太久了,活得太累了。歌德暮年在一首著名的小诗中想到休息,我也真想休息一下了。但是,这是绝对不可能的。我就像鲁迅笔下的那一位过客那样,我的任务就是向前走,向前走。前方是什么地方呢?老翁看到的是坟墓,小女孩看到的是野百合花。我写《八十述怀》时,看到的是野百合花多于坟墓,今天则倒了一个个儿,坟墓多而野百合花少了。不管怎样,反正我是非走上前去不行的,不管是坟墓,还是野百合花,都不能阻挡我的步伐。冯友兰先生的"何止于米",我已经越过了米的阶段。下一步就是"相期以茶"了。我觉得,我目前的选择只有眼前这一条路,这一条路并不遥远。等到我十年后再写《百岁述怀》的时候,那就离茶不远了。

二〇〇〇年十二月二十日

九三述怀

前几天，在医院里过了一个生日，心里颇为高兴；但猛然一惊：自己已经又增加了一岁，现在是九十三岁了。

在五十多年前，当我处在四十岁阶段的时候，九十三这个数字好像是一个天文数字，可望而不可即。我当时的想法是：我大概只能活到四五十岁。因为我的父母都没有超过这个年龄，由于 X 基因或 Y 基因的缘故，我决不能超过这个界限的。

然而人生真如电光石火，一转瞬已经到了九十三岁。除了在医院里输液的时候感到时间过得特别慢以外，其余的时间则让我感到快得无法追踪。

近两年来，运交华盖，疾病缠身，多半是住在医院中。医院里的生活，简单而又烦琐。我是因一种病到医院里来的。入院以后，又患上了其他的病。在我入院前后所患的几种病中最让人讨厌的是天疱疮。手上起疱出水，连指甲盖下面都充满了水，是一种颇为危险的病。从手上向臂上发展，发展到一定的程度，就有性命危险。来到三〇一医院，经李恒进大夫诊治，药到病除，真正是妙手回春。后来又患上了几种别的病。有一种是前者的发展，改变了地方，改变了形式，长在了右脚上，黑黢黢脏兮兮的一团，大概有一斤多重。我自己看了都恶心。有时候简直想把右脚砍掉，看你们这些丑类到何处去藏身！幸亏老院长牟善初的秘书周大夫不知从哪里弄到了一种平常的药膏，抹上，立竿见影，脏东西除掉了。为了对付这一堆脏东西，三〇一医院曾组织过三次专家会诊，可见院领导对此事之重视。

你想到了死没有？想到过的，而且不止一次。不这样也是不可能的。人类是生物的一种。凡是生物，莫不好生而恶死，包括植物在内，一概如此。人们常说：好死不如赖活着。江淹《恨赋》中说：自古皆有死，莫不饮恨而吞声。我基本上也不能脱这个俗。但是，我有我的特殊经历，因此，我有我的生死观。我在十年浩劫中，实际上已经死过一次。在《牛棚杂忆》中对此事有详细的叙述。我在这里不再重复。现在回忆起来，让我吃惊的是，临死时心情竟是那样平静，那样和谐。什么饮恨，什么吞声，根本不沾边。有了这样的独特的经历，即使再想到死，一点恐惧之感也没有了。

总起来说，我的人生观是顺其自然，有点接近道家。我生平信奉陶渊明的四句诗：纵浪大化中，不喜亦不惧。应尽便须尽，无复独多虑。在这里一个关键的字是"应"。谁来决定应不应呢？一个人自己，除了自杀以外，是无权决定的。因此，我觉得，对个人的生死大事不必过分考虑。

我最近又发明了一个公式：无论什么人，不管是男是女，不管是外国人还是中国人，也不管是处在什么年龄阶段，同阎王爷都是等距离的。中国有两句俗话：阎王叫你三更死，不能留人到五更。这都说明，人们对自己的生死大事是没有多少主动权的。但是，只要活着，就要活得像个人样子。尽量多干一些好事，千万不要去干坏事。

人们对自己的生命也并不是一点主观能动性都没有的。人们不都在争取长寿吗？在林林总总的民族之林中，中国人是最注重长寿，甚至长生的。在过去几千年的历史上，我们创造了很多长寿甚至长生的故事。什么"王子去求仙，丹成入九天。山中方七日，世上几千年"。这实在没有什么意义。一些历史上的皇帝，甚至英明之主，为了争取长生，为药所误。唐太宗就是一个好例子。

中国古代文人对追求长生有自己的表达方式。苏东坡词：谁道人生无再少？门前流水尚能西。休将白发唱黄鸡。在这里出现"再少"这个词。肉体上的再少，是不可能的，时间不能倒转的。我的理解是，如果老年人能做出像少年的工作，这就算是再少了。

我现在算不算是再少，我自己不敢说。反正我从来不敢懈息,从来不倚老卖老。我现在既向后看,回忆过去的九十年;也向前看,看到的不是八宝山,而是活过一百岁。眼前就有我的好榜样。上海的巴金,长我七岁;北京的臧克家,长我六岁,都仍然健在。他们的健在给了我信心,给了我勇气,也给了我灵感。我想同他们竞赛,我们都会活到一百多岁的。

但是,我并不是为活着而活着。活着不是我的目的,而是我的手段。前辈学人陈翰笙先生,当他一百岁时人们为他在人民大会堂祝寿的时候,他眼睛已经失明多年,身体也不见得怎么好。可是,请他讲话的时候,他第一句话就是:"我要工作。"全堂为之振奋不已。

我觉得,中国人民在过去几千年的历史上成就了许多美德,其中一条是"鞠躬尽瘁,死而后已"(出自《三国志·蜀志·诸葛亮传》注)。这能代表我们中华民族伟大的一个方面。在几千年的历史上起着作用,至今不衰。

在历史上,我们的先人对人生还有一些细致入微而又切中要害的感悟。我举一个例子。多少年来,社会上流传着两句话:不如意事常八九,能与人言无二三。根据我们每一个人的亲身体会,这两句话是完全没有错的。在我们的生活中,在我们的社会交往中,尽管有不少令人愉快的如意的事情,但也不乏不愉快不如意的事情。年年如此,月月如此,天天如此。这个平凡的真理也不是最近才发现的。宋代的伟大词人辛稼轩就曾写道:肘后俄生柳,叹人生、不如意事,十常八九。这颇能道出古今人人心中都会有的想法。我们老年人对此更应该加强警惕。因为不如意事有的是人招惹出来的。老年人，由于生理的制约，手和脑都会不太灵光，招惹不如意事的机会会更多一些。我原来的原则是随遇而安，近来我又提高了一步：知足常乐，能忍自安。境界显然提高了一步。

写到这里，我想写一个看来与我的主题无关而实极有关的问题：中西高级知识分子比较研究。所谓高级知识分子，无非是教授、研究员，著名的艺术家画家、音乐家、歌唱家、演员等。这个题目，在过去似乎还没有人研究过。我个人经过比较长期的思考，觉得其间当然有共性，都是知识分子嘛；但是区别也极大。简短截说，西方高级知识分子大多数是自了汉，就是只管自己那一亩三分地里的事情，有点像过去中国老农那一种老婆、孩子、热炕头，外加二亩地、一头牛的样子。只要不发生战争，他们的工资没有问题，就可以安心治学，因此成果显著地比我们多。他们也不像我们几乎天天开会，天天在运动中。我们的高知继承了中国自古以来知识分子（士）的传统，家事、国事、天下事，事事关心。中国古代的皇帝们最恨知识分子这种毛病。他们希望士们都能夹起尾巴做人。知识分子偏不听话，于是在中国历史上，所谓文字狱这种玩意儿就特别多。很多皇帝都搞文字狱。到了清朝，又加上了个民族问题。于是文字狱更特别多。

最后，我还必须谈一谈服老与不服老的辩证关系。所谓服老，就是一个老人必须承认客观现实。自己老了，就要老实承认。过去能做到的事情，现在做不到了，就不要勉强去做。但是，如果完完全全让老给吓住，什么事情都不做，这无异于坐而待毙，是极不可取的行为。人们的主观能动性的能量是颇为可观的。真正把主观能动性发挥出来，就能产生一种不服老的力量。正确处理服老与不服老的关系并不容易。二者之间的关系有点恍兮惚兮，其中有物。但是，这个物是什么，我却说不清楚。领悟之妙，在于一心。普天下善男信女们会想出办法的。

我已经写了不少。为什么写这样多呢？因为我感觉到，我们的生活环境和生活条件，日益改善，将来老年人会越来越多。我现在把自己的一点经历写了出来，供老人们参考。

千言万语，不过是一句话：我们老年人不要一下子躺在老字上，无所事事，我们的活动天地还是够大的。

有道是：

走过独木桥，
跳过火焰山。
豪情依然在，
含笑颂九三！

二〇〇三年八月十八日于三〇一医院

九十五岁初度

又碰到了一个生日。一副常见的对联的上联是：天增岁月人增寿。我又增了一年寿。庄子说：万物方生方死。从这个观点上来看，我又死了一年，向死亡接近了一年。

不管怎么说，从表面上来看，我反正是增长了一岁，今年算是九十五岁了。

在增寿的过程中，自己在领悟、理解等方面有没有进步呢？

仔细算，还是有的。去年还有一点叹时光之流逝的哀感，今年则完全没有了。这种哀感在人们中是最常见的。然而也是最愚蠢的。人间正道是沧桑。时光流逝，是万古不易之理。人类，以及一切生物，是毫无办法的。夫天地者，万物之逆旅；光阴者，百代之过客。对于这种现象，最好的办法是听之任之，用不着什么哀叹。

我现在集中精力考虑的一个问题是：如何避免当时只道是寻常的这种尴尬情况。当时是指过去的某一个时间。现在，过一些时候也会成为当时的。这样一来，我们就会永远有这样的哀叹。我认为，我们必须从事实上，也可以说是从理论上考察和理解这个问题。我想谈两个问题：第一个是如何生活，第二个是如何回忆生活。

先谈第一个问题。

一般人的生活，几乎普遍有一个现象，就是侘傺。用习惯的说法就是匆匆忙忙。五四运动以后，我在济南读到了俞平伯先生的一篇文章。文中引用了他夫人的话："从今以后，我们要仔仔细细地过日子了。"言外之意就是嫌眼前日子过得不够仔细，也许就是日子过得太匆匆的意思。怎样才叫仔仔细细呢？俞先生夫妇都没有解释，至今还是个谜。我现在不揣冒昧，加以解释。所谓仔仔细细就是：多一些典雅，少一些粗暴；多一些温柔，少一些莽撞。总之，多一些人性，少一些兽性，如此而已。

至于如何回忆生活，首先必须指出：这是古今中外一个常见的现象。一个人，不管活得多长多短，一生中总难免有什么难以忘怀的事情。这倒不一定都是喜庆的事情，比如洞房花烛夜，金榜题名时之类。这固然使人终身难忘。反过来，像夜走麦城这样的事，如果关羽能够活下来，他也不会忘记的。

总之，我认为，回想一些俱往矣类的事情，总会有点好处。

回想喜庆的事情，能使人增加生活的情趣，提高向前进的勇气。回忆倒霉的事情，能使人引以为鉴，不致再蹈覆辙。

现在，我在这里，必须谈一个无论如何也绕不过去的问题：死亡问题。我已经活了九十五年，无论如何也必须承认这是高龄。但是，在另一方面，它离死亡也不会太远了。

一谈到死亡，没有人不厌恶的。我虽然还不知道，死亡究竟是什么样子，我也并不喜欢它。

写到这里，我想加上一段非无意义的问话。对于寿命的态度，东西方是颇不相同的。中国人重寿，自古已然。汉瓦当文延年益寿，可见汉代的情况。人名李龟年之类，也表示了长寿的愿望。从长寿再进一步，就是长生不老。李义山诗：嫦娥应悔偷灵药，碧海青天夜夜心。灵药当即不死之药。这也是一些人，包括几个所谓英主在内，所追求的境界。汉武帝就是一个狂热的长生不老的追求者。精明如唐太宗者，竟也为了追求长生不老而服食寒石散之类的矿物，结果是中毒而死。

上述情况，在西方是找不到的。没有哪一个西方的皇帝或国王会追求长生不老。他们认为，这是无稽之谈，不屑一顾。

我虽然是中国人，长期在中国传统文化熏陶下成长起来的；但是，在寿与长生不老的问题上，我却倾向西方的看法。中国民间传说中有不少长生不老的故事，这些东西侵入正规文学中，带来了不少的逸趣，但始终成不了正果。换句话说，就是中国人并不看重这些东西。

中国人是讲求实际的民族。人一生中，实际的东西是不少的。其中最突出的一个东西就是死亡。人们都厌恶它，但是却无能为力。

上文中我已经涉及死亡问题，现在再谈一谈。一个九十五岁的老人，若不想到死亡，那才是天下之怪事。我认为，重要的事情，不是想到死亡，而是怎样理解死亡。世界上，包括人类在内，林林总总，生物无虑上千上万。生物的关键就在于生，死亡是生的对立面，是生的大敌。既然是大敌，为什么不铲除之而后快呢？铲除不了的。有生必有死，是人类进化的规律。是一切生物的规律，是谁也违背不了的。

对像死亡这样的谁也违背不了的灾难，最有用的办法是先承认它，不去同它对着干，然后整理自己的思想感情。我多年以来就有一个座右铭：纵浪大化中，不喜亦不惧。应尽便须尽，无复独多虑。是陶渊明的一首诗。该死就去死，不必多嘀咕。多么干脆利落！我目前的思想感情也还没有超过这个阶段。江文通《恨赋》最后一句话是：自古皆有死，莫不饮恨而吞声。我相信，在我上面说的那些话的指引下，我一不饮恨，二不吞声。我只是顺其自然，随遇而安。

我也不信什么轮回转世。我不相信人们肉体中还有一个灵魂。在人们的躯体还没有解体的时候灵魂起什么作用，自古以来，就没有人说得清楚。我想相信，也不可能。

对你目前的九十五岁高龄有什么想法？我既不高兴，也不厌恶。这本来是无意中得来的东西,应该让它发挥作用。比如说,我一辈子舞笔弄墨,现在为什么不能利用我这一支笔杆子来鼓吹升平,增强和谐呢?现在我们的国家是政通人和、海晏河清。可以歌颂的东西真是太多太多了。歌颂这些美好的事物,九十五年是不够的。因此,我希望活下去。岂止于此,相期以茶。

二〇〇六年八月八日

新年抒怀

除夕之夜，半夜醒来，一看表，是一点半钟，心里轻轻地一颤：又过去一年了。

小的时候，总希望时光快快流逝，盼过节，盼过年，盼迅速长大成人。然而，时光却偏偏好像停滞不前，小小的心灵里溢满了愤愤不平之气。

但是，一过中年，人生之车好像是从高坡上滑下，时光流逝得像电光一般，它不饶人，不了解人的心情，愣是狂奔不已。转眼间，"两岸猿声啼不住，轻舟已过万重山"。滑过了花甲，滑过了古稀，少数幸运者或者什么者，滑到了耄耋之年。人到了这个境界，对时光的流逝更加敏感。年轻的时候考虑问题是以年计，以月计。到了此时，是以日计，以小时计了。

我是一个幸运者或者什么者，眼前正处在耄耋之年。我的心情不同于青年，也不同于中年，纷纭万端，绝不是三两句就能说清楚的。我自己也理不出一个头绪来。

过去的一年，可以说是我一生最辉煌的年份之一。求全之毁根本没有，不虞之誉却多得不得了，压到我身上，使我无法消化，使我感到沉重。有一些称号，初戴到头上时，自己都感到吃惊，感到很不习惯。就在除夕的前一天，也就是前天，在解放后第一次全国性的国家图书奖会议上，在改革开放以来十几年的、包括文理法农工医以及军事等方面的九万多种图书中，在中宣部和财政部的关怀和新闻出版署的直接领导下，经过全国七十多位专家的认真细致的评审，共评出国家图书奖四十五种。只要看一看这个比例数字，就能够了解获奖之困难。我自始至终参加了评选工作。至于自己同获奖有份，一开始时，我连做梦都没有梦到。然而结果我却有两本书获奖。在小组会上，我曾要求撤出我那一本书，评委不同意。我只能以不投自己的票来处理此事。对这个结果，要说自己不高兴，那是矫情，那是虚伪，为我所不取。我更多地感觉到的是惶恐不安，感觉到惭愧。许多非常有价值的图书，由于种种原因，没能评上，自己却一再滥竽。这也算是一种机遇，也是一种幸运吧。我在这里还要补上一句：在旧年的最后一天的《光明日报》上，我读到老友邓广铭教授对我的评价，我也是既感且愧。

我过去曾多次说到，自己向无大志，我的志是一步步提高的，有如水涨船高。自己绝非什么天才，我自己评估是一个中人之才。如果自己身上还有什么可取之处的话，那就是，自己是勤奋的，这一点差堪自慰。我是一个富于感情的人，是一个自知之明超过需要的人，是一个思维不懒惰、脑筋永远不停地转动的人。我得利之处，恐怕也在这里。过去一年中，在我走的道路上，撒满了玫瑰花，到处是笑脸，到处是赞誉。我成为一个"很可接触者"。要了解我过去一年的心情，必须把我的处境同我的性格、同我内心的感情联系在一起。

现在写新年抒怀，我的怀，也就是我的心情，在过去一年我的心情是什么样子的呢？

首先是，我并没有被鲜花和赞誉冲昏了头脑，我的头脑是颇为清醒的。一位年轻的朋友说，我似乎忘记了自己的年龄。这只是一个表面现象。尽管从表面上来看，我似乎是朝气蓬勃，在学术上野心勃勃，我揽的工作远远超过一个耄耋老人所能承担的，我每天的工作量在同辈人中恐怕也居上乘。但是我没有忘乎所以，我并没有忘记自己的年龄。在友朋欢笑之中，在家庭聚乐之中，在灯红酒绿之时，在奖誉纷至沓来之时，我满面含笑，心旷神怡，却蓦地会在心灵中一闪念：这一出戏快结束了！我像撞客的人一样，这一闪念紧紧跟随着我，我摆脱不掉。

是我怕死吗？不，不，绝不是的。我曾多次讲过，我的生命本应该在十年浩劫中结束的。在比一根头发丝还细的偶然性中，我侥幸活了下来。从那以后，我所有的寿命都是白捡来的；多活一天，也算是赚了。而且对于死，我近来也已形成了一套完整的看法：应尽便须尽，无复独多虑。死是自然规律，谁也违抗不得。用不着自己操心，操心也无用。

那么我那种快煞戏的想法是怎样来的呢？记得在大学读书时，读过俞平伯先生的一篇散文：《重过西园码头》。时隔六十余年，至今记忆犹新。其中有一句话：从今以后，我们要仔仔细细地过日子了。这就说明，过去日子过得不仔细，甚至太马虎。俞平伯先生这样，别的人也是这样，我当然也不例外。日子当前，总过得马虎。时间一过，回忆又复甜蜜。宋词中有一句话，"当时只道是寻常"。真是千古名句，道出了人们的这种心情。我希望，现在能够把当前的日子过得仔细一点，认为不寻常一点。特别是在走上了人生最后一段路程时，更应该这样。因此，我的快煞戏的感觉，完全是积极的，没有消极的东西，更与怕死没有牵连。

在这样的心情的指导下，我想得很多很多，我想到了很多的人。首先是想到了老朋友，清华时代的老朋友胡乔木，最近几年曾几次对我说，他想要看一看年轻时候的老朋友。他说，见一面少一面了！初听时，我还觉得他过于感伤。后来逐渐品味出他这一句话的分量。可惜他前年就离开了我们，走了。去年我用实际行动响应了他的话，我邀请了六七位有五六十年友谊的老友聚了一次。大家都白发苍苍了，但都兴会淋漓。我认为自己干了一件好事。我哪里会想到，参加聚会的吴组缃现已病卧医院中。我听了心中一阵颤动。今天元旦，我潜心默祷，祝他早日康复，参加我今年准备的聚会。没有参加聚会的老友还有几位，我都一一想到了，我在这里也为他们的健康长寿祷祝。

我想到的不只有老年朋友，年轻的朋友，包括我的第一代、第二代、第三代的学生，无论是在国内，还是在国外，我也都一一想到了。我最近颇接触了一些青年学生，我认为他们是我的小友。不知道为什么我对这一群小友的感情越来越深，几乎可以同我的年龄成正比。他们朝气蓬勃，前程似锦。我发现他们是动脑筋的一代，他们思考着许许多多的问题，纯朴、直爽，处处感动着我。俗话说，长江后浪推前浪，世上新人换旧人。我们祖国的希望和前途就寄托在他们身上，全人类的希望和前途也寄托在他们身上。对待这一批青年，唯一正确的做法是理解与爱护，诱导与教育，同时还要向他们学习。这是就公而言。在私的方面，我同这些生龙活虎般的青年在一起，他们身上那一股朝气，充盈洋溢，仿佛能冲刷掉我身上这一股暮气，我顿时觉得自己年轻了若干年。同青年们接触真能延长我的寿命。古诗说：服食求神仙，多为药所误。我一不服食，二不求神，青年学生就是我的药石，就是我的神仙。我企图延长寿命，并不是为了多吃人间几千顿饭。我现在吃的饭并不特别好吃，多吃若干顿饭是毫无意义的。我现在计划要做的学术工作还很多，好像一个人在日落西山的时分，前面还有颇长的路要走。我现在只希望多活上几年，再多走几程路，在学术上再多做点工作，如此而已。

在家庭中,我这种煞戏的感觉更加浓烈。原因也很简单,必然是我认为这一出戏很有看头,才不希望它立刻就煞,因而才有这种浓烈的感觉。如果我认为这一出戏不值一看,它煞不煞与己无干,淡然处之,这种感觉从何而来?过去几年,我们家屡遭大故。老祖离开我们,走了。女儿也先我而去。这在我的感情上留下了永远无法弥补的伤痕。尽管如此,我仍然有一个温馨的家。我的老伴、儿子和外孙媳妇仍然在我的周围。我们和睦相处,相亲相敬。每一个人都是一个最可爱的人。除了人以外,家庭成员还有两只波斯猫,一只顽皮,一只温顺,也都是最可爱的猫。家庭的空气怡然,盎然。可是,前不久,老伴突患脑溢血,住进医院。在她没病的时候,她已经不良于行,整天坐在床上。我们平常没有多少话好说。可是我每天从大图书馆走回家来,好像总嫌路长,希望早一点到家。到了家里,在破藤椅上一坐,两只波斯猫立即跳到我的怀里,让我搂它们睡觉。我也眯上眼睛,小憩一会儿。睁眼就看到从窗外流进来的阳光,在地毯上流成一条光带,慢慢地移动。在百静中,万念俱息,怡然自得。此乐实不足为外人道也。然而老伴却突然病倒了。在那些严重的日子里,我再从大图书馆走回家来,我在下意识中,总嫌路太短,我希望它长,更长,让我永远走不到家。家里缺少一个虽然坐在床上不说话却散发着光与热的人。我感到冷清,我感到寂寞,我不想进这个家门。在这样的情况下，我心里就更加频繁地出现那一句话：这一出戏快煞戏了！但是，就目前的情况来看，老伴虽然仍然住在医院里，病情已经有了好转。我在盼望着，她能很快回到家来，家里再有一个虽然不说话但却能发光发热的人，使我再能静悄悄地享受沉静之美，让这一出早晚要煞戏的戏再继续下去演上几幕。

按世俗的算法，从今天起，我已经达到八十三岁的高龄了，几乎快到一个世纪了。我虽然不爱出游，但也到过三十个国家，应该说是见多识广。在国内将近半个世纪，经历过峰回路转，经历过柳暗花明，快乐与苦难并列，顺利与打击杂陈。我脑袋里的回忆太多了，过于多了。眼前的工作又是头绪万端，谁也说不清我究竟有多少名誉职称，说是打破纪录，也不见得是夸大。但是，在精神上和身体上的负担太重了，我真有点承受不住了。尽管正如我上面所说的，我一不悲观，二不厌世，可是我真想休息了。古人说："大块劳我以生，息我以死。"德国伟大诗人歌德晚年有一首脍炙人口的诗，最后一句是"你也休息"，仿佛也表达了我的心情，我真想休息一下了。

心情是心情，活还是要活下去的。自己身后的道路越来越长，眼前的道路越来越短，因此前面剩下的这短短的道路，弥足珍贵。我现在过日子是以天计，以小时计。每一天每一个小时都是可贵的。我希望真正能够仔仔细细地过，认认真真地过，细细品味每一分钟每一秒钟，我认为每一分每一秒都不寻常。我希望千万不要等到以后再感到当时只道是寻常，空吃后悔药，徒唤奈何。对待自己是这样,对待别人,也是这样。我希望尽上自己最大的努力,使我的老朋友,我的小朋友,我的年轻的学生,当然也有我的家人,都能得到愉快。我也决不会忘掉自己的祖国,只要我能为它做到的事情,不管多么微末,我一定竭尽全力去做。只有这样,我心里才能获得宁静,才能获得安慰。这一出戏就要煞戏了,它愿意什么时候煞,就什么时候煞吧。

现在正是严冬。室内春意融融,窗外万里冰封。正对着窗子的那一棵玉兰树,现在枝干光秃秃的一点生气都没有。但是枯枝上长出的骨朵却象征着生命,蕴含着希望。花朵正蜷缩在骨朵内心里,春天一到,东风一吹,会立即绽开白玉似的花。池塘里,眼前只有残留的枯叶在寒风中、在层冰上摇曳。但是,我也知道,只等春天一到,坚冰立即化为潋潋的春水。现在蜷缩在黑泥中的叶子和花朵,在春天和夏天里都会蹿出水面。在春天里,"莲叶何田田"。到了夏天,"接天莲叶无穷碧,映日荷花别样红"。那将是何等光华烂漫的景色啊。既然冬天到了,春天还会远吗?我现在一方面脑海里仍然会不时闪过一个念头:这一出戏快煞戏了。这丝毫也不含糊;但是,另一方面我又觉得这一出戏的高潮还没有到,恐怕在煞戏前的那一刹那才是真正的高潮,这一点也决不含糊。

一九九四年一月一日

五

糊涂一点，潇洒一点

倒霉时，要想到走运，不必垂头丧气。

做人与处世

一个人活在世界上,必须处理好三个关系:第一,人与大自然的关系;第二,人与人的关系,包括家庭关系在内;第三,个人心中思想与感情矛盾与平衡的关系。这三个关系,如果能处理得好,生活就能愉快;否则,生活就有苦恼。

人本来也是属于大自然范畴的。但是,人自从变成了"万物之灵"以后,就同大自然闹起独立来,有时竟成了大自然的对立面。人类的衣食住行所有的资料都取自大自然,我们向大自然索取是不可避免的。关键是怎样去索取。索取手段不出两途:一用和平手段,一用强制手段。我个人认为,东西文化之分野,就在这里。西方对待大自然的基本态度或指导思想是"征服自然",用一句现成的套话来说,就是用处理敌我矛盾的方法来处理人与大自然的关系。结果呢,从表面上看上去,西方人是胜利了,大自然真的被他们征服了。自从西方产业革命以后,西方人屡创奇迹。楼上楼下,电灯电话。大至宇宙飞船,小至原子,无一不出自西方"征服者"之手。

然而,大自然的容忍是有限度的,它是能报复的,它是能惩罚的。报复或惩罚的结果,人皆见之,比如环境污染,生态失衡,臭氧层出洞,物种灭绝,人口爆炸,淡水资源匮乏,新疾病产生,如此等等,不一而足。这些弊端中哪一项不解决都能影响人类生存的前途。我并非危言耸听,现在全世界人民和政府都高呼环保,并采取措施。古人说:"失之东隅,收之桑榆。"犹未为晚。

中国或者东方对待大自然的态度或哲学基础是"天人合一"。宋人张载说得最简明扼要:"民吾同胞,物吾与也。""与"的意思是伙伴。我们把大自然看作伙伴,可惜我们的行为没能跟上。在某种程度上,也采取了"征服自然"的办法,结果也受到了大自然的报复,前不久南北的大洪水不是很能发人深省吗?

至于人与人的关系,我的想法是:对待一切善良的人,不管是家属,还是朋友,都应该有一个两字箴言:一曰真,二曰忍。真者,以真情实意相待,不允许弄虚作假。对待坏人,则另当别论。忍者,相互容忍也。日子久了,难免有点磕磕碰碰。在这时候,头脑清醒的一方应该能够容忍。如果双方都不冷静,必致因小失大,后果不堪设想。唐朝张公艺的"百忍"是历史上有名的例子。

至于个人心中思想感情的矛盾，则多半起于私心杂念。解之之方，唯有消灭私心，学习诸葛亮的"淡泊以明志，宁静以致远"，庶几近之。

一九九八年十一月十七日

走运与倒霉

走运与倒霉,表面上看起来,似乎是绝对对立的两个概念。世人无不想走运,而绝不想倒霉。

其实,这两件事是有密切联系的,互相依存的,互为因果的。说极端了,简直是一而二二而一者也。这并不是我的发明创造。两千多年前的老子已经发现了,他说:"祸兮福之所倚,福兮祸之所伏,孰知其极?其无正。"老子的"福"就是走运,他的"祸"就是倒霉。

走运有大小之别,倒霉也有大小之别,而两者往往是相通的。走的运越大,则倒的霉也越惨,两者之间成正比。中国有一句俗话说:"爬得越高,跌得越重。"形象生动地说明了这种关系。

吾辈小民,过着平平常常的日子,天天忙着吃、喝、拉、撒、睡，操持着柴、米、油、盐、酱、醋、茶。有时候难免走点小运，有的是主动争取来的，有的是时来运转，好运从天上掉下来的。高兴之余，不过喝上二两二锅头，飘飘然一阵了事。但有时又难免倒点小霉，"闭门家中坐，祸从天上来"，没有人去争取倒霉的。倒霉以后，也不过心里郁闷几天，对老婆孩子发点小脾气，转瞬就过去了。

但是，历史上和眼前的那些大人物和大款，他们一身系天下安危，或者系一个地区、一个行当的安危。他们得意时，比如打了一个大胜仗，或者倒卖房地产、炒股票，发了一笔大财，意气风发，踌躇满志，自以为天上天下，唯我独尊。"固一世之雄也"，怎二两二锅头了得！然而一旦失败，不是自刎乌江，就是从摩天高楼跳下，"而今安在哉！"。

从历史上到现在，中国知识分子有一个"特色"，这在西方国家是找不到的。中国历代的诗人、文学家，不倒霉则走不了运。司马迁在《太史公自序》中说："昔西伯拘羑里，演《周易》；孔子厄陈、蔡，作《春秋》；屈原放逐，著《离骚》；左丘失明，厥有《国语》；孙子膑脚，而论兵法；不韦迁蜀，世传《吕览》；韩非囚秦，《说难》《孤愤》；《诗》三百篇，大抵贤圣发愤之所为作也。"司马迁算的这个总账，后来并没有改变。汉以后所有的文学大家，都是在倒霉之后，才写出了震古烁今的杰作。像韩愈、苏轼、李清照、李后主等一批人，莫不皆然。从来没有过状元宰相成为大文学家的。

了解了这一番道理之后，有什么意义呢？我认为，意义是重大的。它能够让我们头脑清醒，理解祸福的辩证关系；走运时，要想到倒霉，不要得意过了头；倒霉时，要想到走运，不必垂头丧气。心态始终保持平衡，情绪始终保持稳定，此亦长寿之道也。

一九九八年十一月二日

糊涂一点，潇洒一点

最近一个时期，经常听到人们的劝告：要糊涂一点，要潇洒一点。

关于第一点糊涂问题，我最近写过一篇短文《难得糊涂》。在这里，我把糊涂分为两种：一种叫真糊涂，一种叫假糊涂。普天之下，绝大多数的人，争名于朝，争利于市。尝到一点小甜头，便喜不自胜，手舞足蹈，心花怒放，忘乎所以。碰到一个小钉子，便忧思焚心，眉头紧皱，前途暗淡，哀叹不已。这种人滔滔者天下皆是也。他们是真糊涂，但并不自觉。他们是幸福的，愉快的，愿老天爷再向他们降福。

至于假糊涂或装糊涂，则以郑板桥的"难得糊涂"最为典型。郑板桥一流的人物是一点也不糊涂的。但是现实的情况又迫使他们非假糊涂或装糊涂不行。他们是痛苦的。我祈祷老天爷赐给他们一点真糊涂。

谈到潇洒一点的问题,首先必须对这个词进行一点解释。这个词圆融无碍,谁一看就懂,再一追问就糊涂。给这样一个词下定义,是超出我的能力的。还是查一下词典好。《现代汉语词典》的解释是:"(神情、举止、风貌等)自然大方、有韵致,不拘束。"看了这个解释,我吓了一跳。什么"神情",什么"风貌",又是什么"韵致",全是些抽象的东西,让人无法把握。这怎么能同我平常理解和使用的"潇洒"挂上钩呢?我是主张模糊语言的,现在就让"潇洒"这个词模糊一下吧。我想到中国六朝时代一些当时名士的举动,特别是《世说新语》等书所记载的,比如刘伶的"死便埋我",什么雪夜访戴,等等,应该算是"潇洒"吧。可我立刻又想到,这些名士,表面上潇洒,实际上心中如焚,时时刻刻担心自己的脑袋。有的还终于逃不过去,嵇康就是一个著名的例子。

写到这里,我的思维活动又逼迫我把"潇洒"也像糊涂一样分为两类:一真一假。六朝人的潇洒是装出来的,因而是假的。

这些事情已经"俱往矣",不大容易了解清楚。我举一个现代的例子。二十世纪三十年代,我在清华读书的时候,一位教授(姑隐其名)总想充当一下名士,潇洒一番。冬天,他穿上锦缎棉袍,下面穿的是锦缎棉裤,用两条彩色丝带把棉裤紧紧地系在腿的下部。头上头发也故意不梳得油光发亮。他就这样飘飘然走进课堂,顾影自怜,大概十分满意。在学生们眼中,他这种矫揉造作的潇洒,却是丑态可掬,辜负了他一番苦心。

同这位教授唱对台戏的——当然不是有意的——是俞平伯先生。有一天,平伯先生把脑袋剃了个精光,高视阔步,昂然从城内的住处出来,走进了清华园。园内几千人中这是唯一的一个精光的脑袋,见者无不骇怪,指指点点,窃窃私议,而平伯先生则全然置之不理,照样登上讲台,高声朗诵宋代名词,摇头晃脑,怡然自得。朗诵完了,连声高呼:"好!好!就是好!"此外再没别的话说。古人说"是真名士自风流"。同那位教英文的教授一比,谁是真风流,谁是假风流;谁是真潇洒,谁是假潇洒,昭然呈现于光天化日之下。

这一个小例子,并没有什么深文奥义,只不过是想辨真伪而已。

为什么人们提倡糊涂一点,潇洒一点呢?我个人觉得,这能提高人们的和为贵的精神,大大地有利于安定团结。

写到这里,这一篇短文可说是已经写完了。但是,我还想加上一点我个人的想法。

当前,我国举国上下,争分夺秒,奋发图强,巩固我们的政治,发展我们的经济,期能在预期的时间内建成名副其实的小康社会。哪里容得半点糊涂、半点潇洒!但是,我们中国人一向是按照辩证法的规律行动的。古人说:"文武之道，一张一弛。"有张无弛不行，有弛无张也不行。张弛结合，斯乃正道。提倡糊涂一点，潇洒一点，正是为了达到这个目的的。

二〇〇二年十二月十八日

满招损,谦受益

这本来是中国一句老话,来源极古,《尚书·大禹谟》中已经有了,以后历代引用不辍,一直到今天,还经常挂在人们嘴上。可见此话道出了一个真理,经过将近三千年的检验,益见其真实可靠。

这话适用于干一切工作的人,做学问何独不然?可是,怎样来解释呢?

根据我自己的思考与分析,满(自满)只有一种:真。假自满者,未之有也。吹牛皮,说大话,那不是自满,而是骗人。谦(谦虚)却有两种,一真一假。假谦虚的例子,真可以说是俯拾即是。故作谦虚状者,比比皆是。中国人的"菲酌""拙作"之类的词,张嘴即出。什么"指正""斧正""哂正"之类的送人自己著作的谦词,谁都知道是假的,然而谁也必须这样写。

这种谦词已经深入骨髓，不给任何人留下任何印象。日本人赠人礼品，自称"粗品"者，也属于这一类。这种虚伪的谦虚不会使任何人受益。西方人无论如何也是不能理解的。为什么拿"菲酌"而不拿盛宴来宴请客人？为什么拿"粗品"而不拿精品送给别人？对西方人简直是一个谜。

我们要的是真正的谦虚，做学问更是如此。如果一个学者，不管是年轻的，还是中年的、老年的，觉得自己的学问已经够大了，没有必要再进行学习了，他就不会再有进步。事实上，不管你搞哪一门学问，决不会有搞得完全彻底一点问题也不留的。人即使能活上一千年，也是办不到的。因此，在做学问上谦虚，不但表示这个人有道德，也表示这个人是实事求是的。听说康有为说过，他年届三十，天下学问即已学光。仅此一端，就可以证明，康有为不懂什么叫学问。现在有人尊他为"国学大师"，我认为是可笑的。他至多只能算是一个革新家。

在当今中国的学坛上，自视甚高者，所在皆是；而真正虚怀若谷者，则绝无仅有。我不认为这是一个好现象。有不少年轻的学者，写过几篇论文，出过几册专著，就傲气凌人。这不利于他们的进步，也不利于中国学术前途的发展。

我自己怎样呢？我总觉得自己不行。我常常讲，我是样样通，样样松。我一生勤奋不辍，天天都在读书写文章，但一遇到一个必须深入或更深入钻研的问题，就觉得自己知识不够，有时候不得不临时抱佛脚。人们都承认，自知之明极难；有时候，我却觉得，自己的"自知之明"过了头，不是虚心，而是心虚了。因此，我从来没有觉得自满过。这当然可以说是一个好现象。但是，我又遇到了极大的矛盾：我觉得真正行的人也如凤毛麟角。我总觉得，好多学人不够勤奋，天天虚度光阴。我经常处在这种心理矛盾中。别人对我的赞誉，我非常感激；但是，我并没有被这些赞誉冲昏了头脑，我头脑是清楚的。我只劝大家，不要全信那一些对我赞誉的话，特别是那一些顶高得惊人的帽子，我更是受之有愧。

毁誉

好誉而恶毁，人之常情，无可非议。

古代豁达之人倡导把毁誉置之度外。我则另持异说，我主张把毁誉置之度内。置之度外，可能表示一个人心胸开阔，但是，我有点担心，这有可能表示一个人的糊涂或颠顸。

我主张对毁誉要加以细致的分析。首先要分清：谁毁你？谁誉你？在什么时候？在什么地方？由于什么原因？这些情况弄不清楚，只谈毁誉，至少是有点模糊。

我记得在什么笔记上读到过一个故事。一个人最心爱的人，只有一只眼。于是他就觉得天下人（一只眼者除外）都多长了一只眼。这样的毁誉能靠得住吗？

还有我们常常讲什么"党同伐异"，又讲什么"臭味相投"等。这样的毁誉能相信吗？

孔门贤人子路"闻过则喜",古今传为美谈。我根本做不到,而且也不想做到,因为我要分析:是谁说的?在什么时候,在什么地点,因为什么而说的?分析完了以后,再定"则喜",或是"则怒"。喜,我不会过头。怒,我也不会火冒十丈,怒发冲冠。孔子说:"野哉,由也!"大概子路是一个粗线条的人物,心里没有像我上面说的那些弯弯绕。

我自己有一个颇为不寻常的经验。我根本不知道世界上有某一位学者,过去对于他的存在,我一点都不知道,然而,他却同我结了怨。因为,我现在所占有的位置,他认为本来是应该属于他的,是我这个"鸠"把他这个"鹊"的"巢"给占据了。因此,勃然对我心怀不满。我被蒙在鼓里,很久很久,最后才有人透了点风给我。我不知道,天下竟有这种事,只能一笑置之。不这样又能怎样呢?我想向他道歉,挖空心思,也找不出丝毫理由。

大千世界,芸芸众生,由于各人禀赋不同,遗传基因不同,生活环境不同,所以各人的人生观、世界观、价值观、好恶观等,都不会一样,都会有点差别。比如吃饭,有人爱吃辣,有人爱吃咸,有人爱吃酸,如此等等。又比如穿衣,有人爱红,有人爱绿,有人爱黑,如此等等。在这种情况下,最好是各人自是其是,而不必非人之非。俗语说:"各人自扫门前雪,不管他人瓦上霜。"这话本来有点贬义,我们可以正用。每个人都会有友,也会有"非友",我不用"敌"这个词,避免误会。友,难免有誉；非友，难免有毁。碰到这种情况，最好抱上面所说的分析的态度，切不要笼而统之，一锅糊涂粥。

好多年来，我曾有过一个"良好"的愿望：我对每个人都好，也希望每个人对我都好。只望有誉，不能有毁。最近我恍然大悟，那是根本不可能的。如果真有一个人，人人都说他好，这个人很可能是一个极端圆滑的人，圆滑到琉璃球又能长只脚的程度。

一九九七年六月二十三日于同仁医院

谦虚与虚伪

在伦理道德的范畴中，谦虚一向被认为是美德，应该扬。而虚伪则一向被认为是恶习，应该抑。

然而，究其实际，二者间有时并非泾渭分明，其区别间不容发。谦虚稍一过头，就会成为虚伪。我想，每个人都会有这种体会的。

在世界文明古国中，中国是提倡谦虚最早的国家。在中国最古的经典之一的《尚书·大禹谟》中就已经有了"满招损，谦受益，时（是）乃天道"这样的教导，把自满与谦虚提高到"天道"的水平，可谓高矣。从那以后，历代的圣贤无不推崇谦虚，贬抑自满。一直到今天，我们常用的词汇中仍然有一大批与"谦"字有联系的词，比如"谦卑""谦恭""谦和""谦谦君子""谦让""谦顺""谦虚""谦逊"等，可见"谦"字之深入人心，久而愈彰。

我认为，我们应当提倡真诚的谦虚，而避免虚伪的谦虚，后者与虚伪间不容发矣。

可是在这里我们就遇到了一个拦路虎：什么叫"真诚的谦虚"呢？什么又叫"虚伪的谦虚"？两者之间并非泾渭分明，简直可以说是因人而异，因地而异，因时而异，掌握一个正确的分寸难于上青天。

最突出的是因地而异，"地"指的首先是东方和西方。在东方，比如说中国和日本，提到自己的文章或著作，必须说是"拙作"或"拙文"。在西方各国语言中是找不到相当的词的。尤有甚者，甚至可能产生误会。中国人请客，发请柬必须说"洁治菲酌"，不了解东方习惯的西方人就会满腹疑团：为什么单单用"不丰盛的宴席"来请客呢？日本人送人礼品，往往写上"粗品"二字，西方人又会问：为什么不用"精品"来送人呢？在西方，对老师，对朋友，必须说真话，会多少，就说多少。如果你说，这个只会一点点，那个只会一星星，他们就会信以为真，在东方则不会。这有时会很危险的。至于吹牛之流，则为东西方同样所不齿，不在话下。

可是怎样掌握这个分寸呢？我认为，在这里，真诚是第一标准。虚怀若谷，如果是真诚的话，它会促你永远学习，永远进步。有的人永远"自我感觉良好"，这种人往往不能进步。康有为是一个著名的例子。他自称，年届而立，天下学问无不掌握。结果说康有为是一个革新家则可，说他是一个学问家则不可。较之乾嘉诸大师，甚至清末民初诸大师，包括他的弟子梁启超在内，他在学术上是没有建树的。

总之，谦虚是美德，但必须掌握分寸，注意东西。在东方谦虚涵盖的范围广，不能施之于西方，此不可不注意者。然而，不管东方或西方，必须出之以真诚。有意的过分的谦虚就等于虚伪。

一九九八年十月三日

我们面对的现实

我们面对的现实,多种多样,很难一一列举。现在我只谈两个:第一,生活的现实;第二,学术研究的现实。

生活的现实

生活,人人都有生活,它几乎是一个广阔无垠的概念。在家中,天天开门七件事:柴、米、油、盐、酱、醋、茶。人人都必须有的。这且不表。要处理好家庭成员的关系,不在话下。在社会上,就有了很大的区别。当官的,要为人民服务,当然也盼指日高升。大款们另有一番风光,炒股票、玩期货,一夜之间成了暴发户,腰缠十万贯,"春风得意马蹄疾,一日看遍长安花"。当然,一旦破了产,跳楼自杀,有时也在所难免。我辈书生，青灯黄卷，兀兀穷年，有时还得爬点格子，以济工资之穷。至于引车卖浆者流，只有拼命干活，才得糊口。

这都是我们必须面对的生活。我们必须黾勉从事，过好这个日子（生活），自不待言。

但是，如果我们把眼光放远一点，把思虑再深化一点，想一想全人类的生活，你感觉到危险性了没有？也许有人感到，我们这个小小寰球并不安全。有时会有地震，有时会有其他天灾，刀兵水火，疾病灾殃，说不定什么时候就会降临你的头上，躲不胜躲，防不胜防。对策只有一个：顺其自然，尽人事。

如果再把眼光放得更远，让思虑钻得更深，则眼前到处是看不见的陷阱。我自己也曾幼稚过一阵。我读东坡《（前）赤壁赋》："惟江上之清风，与山间之明月，耳得之而为声，目遇之而成色。取之无禁，用之不竭。是造物者之无尽藏也，而我与子之所共适。"我深信苏子讲的句句是真理。然而，到了今天，江上之风还清吗？山间之月还明吗？谁都知道，由于大气的污染，风早已不清，月早已不明了。与此有联系的还有生态平衡的破坏，动植物品种的灭绝，新疾病的不断出现，人口的爆炸，臭氧层出了洞，自然资源——其中包括水——的枯竭，如此等等，不一而足。我们人类实际上已经到了"盲人骑瞎马，夜半临深池"的地步。令人吃惊的是，虽然有人已经注意到了这个现象，但并没有提高到与人类生存前途挂钩的水平，仍然只是头痛治头，脚痛治脚。还有人幻想用西方的"科学"来解救这一场危机。我认为,这是不太可能的。这一场灾难主要就是西方"征服自然"的"科学"造成的。西方科学优秀之处,必须继承;但是必须从根本上、从思想上解决问题,以东方的"民胞物与"的"天人合一"的思想济西方"科学"之穷。人类前途,庶几有望。

学术研究的现实

对我辈知识分子来说,除了生活的现实之外,还有一个学术研究的现实。我在这里重点讲人文社会科学,因为我自己是搞这一行的。

文史之学,中国和欧洲都已有很长的历史。因两处具体历史情况不同,所以发展过程不尽相同,但是总的研究对象和研究方法多有相通之处,对象大都是古典文献。就中国而论,由于字体屡变,先秦典籍的传抄工作,不能不受到影响。但是,读书必先识字,此《说文解字》之所以必作也。新材料的出现,多属偶然。地下材料,最初是"地不爱宝",它自己把材料贡献出来的,有目的、有意识的发掘工作是后来兴起的。盗墓者当然是例外。至于社会调查,古代不能说没有。采风就是调查形式之一。有计划、有组织、有目的的社会调查工作,也是晚起的,恐怕还是多少受了西方的影响。

古代文史工作者用力最勤的是记诵之学。在科举时代,一个举子必须能背四书五经,这是起码的条件,否则连秀才也当不上,遑论进士!扩而大之,要背诵十三经,有时还要连上注疏。至于传说有人能倒背十三经，对于我至今还是个谜，一本书能倒背吗？背了有什么用处呢？

社会不断前进，先出了一些类似后来索引的东西，系统的科学的索引，出现最晚，恐怕也是受西方的影响，有人称之为"引得"（index），显然是舶来品。

但是，不管有没有索引，索引详细不详细，我们研究一个题目，总要先积累资料。而积累资料，靠记诵也好，靠索引也好，都是十分麻烦，十分困难的。有时候穷年累月，滴水穿石，才能勉强凑足够写一篇论文的资料，有一些资料可能还是可遇而不可求的。写文章之难真是难于上青天。

然而，石破天惊，电脑出现了，许多古代典籍逐渐输入电脑了，不用一举手一投足之劳，只需发一命令，则所需的资料立即呈现在你的眼前，一无遗漏。岂不痛快也哉！

这就是眼前我们面对的学术现实。最重要、最困难的搜集资料工作解决了，岂不是人人皆可以为大学者了吗？难道我们还不能把枕头垫得高高地"高枕无忧"了吗？

我说："且慢！且慢！我们的任务还并不轻松！"我们面临这一场大的转折，先要调整心态。对电脑赐给我们的资料，要加倍细致地予以分析使用。还有没有输入电脑的书，仍然需要我们去翻检。

一九九七年四月十三日

有为有不为

"为",就是"做"。应该做的事,必须去做,这就是"有为"。不应该做的事必不能做,这就是"有不为"。

在这里,关键是"应该"二字。什么叫"应该"呢?这有点像仁义的"义"字。韩愈给"义"字下的定义是"行而宜之之谓义"。"义"就是"宜",而"宜"就是"合适",也就是"应该",但问题仍然没有解决。要想从哲学上,从伦理学上,说清楚这个问题,恐怕要写上一篇长篇论文,甚至一部大书。我没有这个能力,也认为根本无此必要。我觉得,只要诉诸一般人都能够有的良知良能,就能分辨清是非善恶了,就能知道什么事应该做,什么事不应该做了。

中国古人说:"勿以善小而不为,勿以恶小而为之。"可见善恶是有大小之别的,应该、不应该也是有大小之别的,并不是都在一个水平上。什么叫大，什么叫小呢？这里也用不着烦琐的论证，只需动一动脑筋，睁开眼睛看一看社会，也就够了。

小恶、小善，在日常生活中随时可见。比如，在公共汽车上给老人和病人让座。能让，算是小善；不能让，也只能算是小恶，够不上大逆不道。然而，从那些一看到有老人或病人上车就立即装出闭目养神的样子的人身上，不也能由小见大看出了社会道德的水平吗？

至于大善大恶，目前社会中也可以看到，但在历史上却看得更清楚。比如宋代的文天祥。他为元军所虏，如果他想活下去，屈膝投敌就行了，不但能活，而且还能有大官做，最多是在身后被列入《贰臣传》，"身后是非谁管得"，管那么多干吗呀？然而他却高赋《正气歌》，从容就义，留下英名万古传，至今还在激励着我们的爱国热情。

通过上面举的一个小恶的例子和一个大善的例子，我们大概对大小善和大小恶能够得到一个笼统的概念了。凡是对国家有利，对人民有利，对人类发展前途有利的事情就是大善，反之就是大恶。凡是对处理人际关系有利，对保持社会安定团结有利的事情可以称之为小善，反之就是小恶。大小之间有时难以区别，这只不过是一个大体的轮廓而已。

大小善和大小恶有时候是有联系的。俗话说："千里之堤，溃于蚁穴。"拿眼前常常提到的贪污行为而论，往往是先贪污少量的财物，心里还有点打鼓。但是，一旦得逞，尝到甜头，又没被人发现，于是胆子越来越大，贪污的数量也越来越多，终至于一发而不可收拾，最后受到法律的制裁，悔之晚矣。也有个别的识时务者，迷途知返，就是所谓浪子回头者，然而难矣哉！

我的希望很简单，我希望每个人都能有为有不为。一旦"为"错了，就毅然回头。

二〇〇一年二月二十三日

六

猫狗可爱,人间值得

我从小就喜爱小动物。

同小动物在一起,别有一番滋味。

老猫

老猫虎子蜷曲在玻璃窗外窗台上一个角落里,缩着脖子,眯着眼睛,一片寂寞、凄清、孤独、无助的神情。

外面正下着小雨,雨丝一缕一缕地向下飘落,像是珍珠帘子。时令虽已是初秋,但是隔着雨帘,还能看到紧靠窗子的小土山上丛草依然碧绿,毫无要变黄的样子。在万绿丛中赫然露出一朵鲜艳的红花。古诗"万绿丛中一点红",大概就是这般光景吧。这一朵小花如火似燃,照亮了混茫的雨天。

我从小就喜爱小动物。同小动物在一起,别有一番滋味。它们天真无邪,率性而行;有吃抢吃,有喝抢喝;不会说谎,不会推诿;受到惩罚,忍痛挨打;一转眼间,照偷不误。同它们在一起,我心里感到怡然,坦然,安然,欣然。不像同人在一起那样,应对进退、谨小慎微,斟酌词句、保持距离,感到异常地别扭。

十四年前，我养的第一只猫，就是这个虎子。刚到我家来的时候，比老鼠大不了多少。蜷曲在窄狭的窗内窗台上，活动的空间好像富富有余。它并没有什么特点，仅是一只最平常的狸猫，身上有虎皮斑纹，颜色不黑不黄，并不美观。但是异于常猫的地方也有，它有两只炯炯有神的眼睛，两眼一睁，还真虎虎有虎气，因此起名叫虎子。它脾气也确实暴烈如虎。它从来不怕任何人。谁要想打它，不管是用鸡毛掸子，还是用竹竿，它从不回避，而是向前进攻，声色俱厉。得罪过它的人，它永世不忘。我的外孙打过它一次，从此结仇。只要他到我家来，隔着玻璃窗子，一见人影，它就做好准备，向前进攻，爪牙并举，吼声震耳。他没有办法，在家中走动都要手持竹竿，以防万一，否则寸步难行。有一次，一位老同志来看我，他显然是非常喜欢猫的。一见虎子，嘴里连声说着："我身上有猫味，猫不会咬我的。"他伸手想去抚摩它，可万万没有想到，我们虎子不懂什么猫味，回头就是一口。这位老同志大惊失色。总之，到了后来，虎子无人不咬，只有我们家三个主人除外，它的"咬声"颇能耸人听闻了。

但是，要说这就是虎子的全面，那也是不正确的。除了暴烈咬人以外，它还有另外一面，这就是温柔敦厚的一面。我举一个小例子。虎子来我们家以后的第三年，我又要了一只小猫。这是一只混种的波斯猫，浑身雪白，毛很长，但在额头上有一小片黑黄相间的花纹。我们家人管这只猫叫洋猫，起名咪咪；虎子则被尊为土猫。这只猫的脾气同虎子完全相反：胆小、怕人，从来没有咬过人。只有在外面跑的时候，才露出一点野性。它只要有机会溜出大门，但见它长毛尾巴一摆，像一溜烟似的立即蹿入小山的树丛中，半天不回家。这两只猫并没有血缘关系。但是，不知道是由于什么原因，一进门，虎子就把咪咪看作自己的亲生女儿。它自己本来没有什么奶，却坚决要给咪咪喂奶，把咪咪搂在怀里，让它咂自己的干奶头，它眯着眼睛，仿佛在享着天福。我在吃饭的时候，有时丢点鸡骨头、鱼刺，这等于猫们的燕窝、鱼翅。但是，虎子却只蹲在旁边，瞅着咪咪一只猫吃，从来不同它争食。有时还"咪噢"上两声，好像是在说："吃吧，孩子！安安静静地吃吧！"有时候，不管是春夏还是秋冬，虎子会从西边的小山上逮一些小动物，麻雀、蚱蜢、蝉、蛐蛐之类，用嘴叼着，蹲在家门口，嘴里发出一种怪声。这是猫语，屋里的咪咪，不管是睡还是醒，耸耳一听，立即跑到门后，馋涎欲滴，等着吃母亲带来的佳肴，大快朵颐。我们家人看到这样母子亲爱的情景，都由衷地感动，一致把虎子称作"义猫"。有一年，小咪咪生了两只小猫。大概是初做母亲，没有经验，正如我们圣人所说的那样"未有学养子而后嫁者也"，人们能很快学会，而猫们则不行。咪咪丢下小猫不管，虎子却大忙特忙起来，觉不睡，饭不吃，日日夜夜把小猫搂在怀里。但小猫是要吃奶的，而奶正是虎子所缺的。于是小猫暴躁不安，虎子眉头一皱，计上心来，叼起小猫，到处追着咪咪，要它给小猫喂奶，还真像一个姥姥样子。但是小咪咪并不领情，依旧不给小猫喂奶。有几天的时间，虎子不吃不喝，瞪着两只闪闪发光的眼睛，嘴里叼着小猫，从这屋赶到那屋，一转眼又赶了回来。小猫大概真是受不了啦，便辞别了这个世界。我看了这一出猫家庭里的悲剧又是喜剧，实在是爱莫能助，惋惜了很久。

我同虎子和咪咪都有深厚的感情。每天晚上，它们俩抢着到我床上去睡觉。在冬天，我在棉被上面特别铺上了一块布，供它们躺卧。我有时候半夜里醒来，神志一清醒，觉得有什么东西重重地压在我身上，一股暖气仿佛透过了两层棉被，扑到我的双腿上。我知道，小猫睡得正香，即使我的双腿由于僵卧时间过久，又酸又痛，但我总是强忍着，绝不动一动双腿，免得惊了小猫的清梦。它此时也许正梦着捉住了一只耗子，只要我的腿一动，它这耗子就吃不成了，岂非大煞风景吗？这样过了几年，小咪咪大概有八九岁了。虎子比它大三岁，十一二岁的光景，依然威风凛凛，脾气暴烈如故，见人就咬，大有死不改悔的神气。而小咪咪则出我意料地露出了下世的光景。常常到处小便，桌子上，椅子上，沙发上，无处不便。如果到医院里去检查的话，大夫在列举的病情中一定会有一条的：小便失禁。最让我心烦的是，它偏偏看上了我桌子上的稿纸。我正写着什么文章，然而它却根本不管这一套，跳上去，屁股往下一蹲，一泡猫尿流在上面，还闪着微弱的光。说我不急，那不是真的。我心里真急，但是，我谨遵我的一条戒律：绝不打小猫一掌，在任何情况之下，也不打它。此时，我赶快把稿纸拿起来，抖掉了上面的猫尿，等它自己干。心里又好气，又好笑，真是哭笑不得。家人对我的嘲笑，我置若罔闻，"只当秋风过耳边"。

我不信任何宗教，也不皈依任何神灵。但是，此时我却有点想迷信一下。我期望会有奇迹出现，让咪咪的病情好转。可世界上是没有什么奇迹的，咪咪的病一天一天地严重起来。它不想回家，喜欢在房外荷塘边上石头缝里待着，或者藏在小山的树木丛里。它再也不在夜里睡在我的被子上了。每当我半夜里醒来，觉得棉被上轻飘飘的，我惘然若有所失，甚至有点悲伤了。我每天凌晨起来，第一件事情就是拿着手电到房外塘边山上去找咪咪。它浑身雪白，是很容易找到的。在薄暗中，我眼前白白地一闪，我就知道是咪咪。见了我，"咪噢"一声，起身向我走来。我把它抱回家，给它东西吃，它似乎根本没有胃口。我看了直想流泪。有一次，我拖着疲惫的身子，走几里路，到海淀的肉店里去买猪肝和牛肉。拿回来，喂给咪咪，它一闻，似乎有点想吃的样子；但肉一沾唇，它立即又把头缩回去，闭上眼睛，不闻不问了。

有一天傍晚，我看咪咪神情很不妙，我预感要发生什么事情。我唤它，它不肯进屋。我把它抱到篱笆以内，窗台下面。

我端来两只碗,一只盛吃的,一只盛水。我拍了拍它的脑袋,它偎依着我,"咪噢"叫了两声,便闭上了眼睛。我放心进屋睡觉。第二天凌晨,我一睁眼,三步并作一步,手里拿着手电,到外面去看。哎呀不好!两碗全在,猫影顿杳。我心里非常难过,说不出是什么滋味。我手持手电找遍了塘边,山上,树后,草丛,深沟,石缝。有时候,眼前白光一闪。"是咪咪!"我狂喜。走近一看,是一张白纸。我嗒然若丧,心头仿佛被挖掉了点什么。"屋前屋后搜之遍,几处茫茫皆不见。"从此我就失掉了咪咪,它从我的生命中消逝了,永远永远地消逝了。我简直像是失掉了一个好友,一个亲人。至今回想起来,我内心里还颤抖不止。

在我心情最沉重的时候,有一些通达世事的好心人告诉我,猫们有一种特殊的本领,能知道自己什么时候寿终。到了此时此刻,它们绝不待在主人家里,让主人看到死猫,感到心烦,或感到悲伤。它们总是逃了出去,到一个最僻静、最难找的角落里,地沟里,山洞里,树丛里,等候最后时刻的到来。因此,养猫的人大都在家里看不见死猫的尸体。只要自己的猫老了,病了,出去几天不回来,他们就知道,它已经离开了人世,不让举行遗体告别的仪式,永远永远不再回来了。

我听了以后,憬然若有所悟。我不是哲学家,也不是宗教家,但却读过不少哲学家和宗教家谈论生死大事的文章。这些文章多半有非常精辟的见解,闪耀着智慧的光芒,我也想努力从中学习一些有关生死的真理，结果却是毫无所得。那些文章中，除了说教以外，几乎没有什么有用的东西。大半都是老生常谈，不能解决什么实际问题，没能给我留下深刻的印象。现在看来，倒是猫们临终时的所作所为，即使仅仅是出于本能吧，却给了我很大的启发。人们难道就不应该向猫们学习这一点经验吗？有生必有死，这是自然规律，谁都逃不过。中国历史上的赫赫有名的人物，秦皇、汉武，还有唐宗，想方设法，千方百计，想求得长生不老。到头来仍然是竹篮子打水一场空，只落得黄土一抔，"西风残照，汉家陵阙"。我辈平民百姓又何必煞费苦心呢？一个人早死几个小时，或者晚死几个小时，甚至几天，实在是无所谓的小事，绝影响不了地球的转动，社会的前进。再退一步想，现在有些思想开明的人士，不想长生不死，不想在大地上再留黄土一抔；甚至开明到不要遗体告别，不要开追悼会。但是仍会给后人留下一些麻烦：登报，发讣告，还要打电话四处通知，总得忙上一阵。何不学一学猫们呢？它们这样处理生死大事，干得何等干净利索呀！一点痕迹也不留，走了，走了，永远地走了，让这花花世界的人们不见猫尸，用不着落泪，照旧做着花花世界的梦。

我忽然联想到我多次看过的敦煌壁画上的西方净土。所谓"净土"，指的就是我们常说的天堂、乐园，是许多宗教信徒烧香念佛，查经祷告，甚至实行苦行，折磨自己，梦寐以求想到达的地方。据说在那里可以享受天福，得到人世间万万得不到的快乐。我看了壁画上画的房子、街道、树木、花草，以及大人、小孩，林林总总，觉得十分热闹。可我觉得没有什么出奇之处。只有一件事给我留下了永不磨灭的印象，那就是，那里的人们都笑口常开，没有一个人愁眉苦脸，他们的日子大概过得都很惬意。不像在我们人间有这样许多不如意的事情，有时候办点事，还要找后门，钻空子。在他们的商店里——净土里面还实行市场经济吗？他们还用得着商店吗？——售货员大概都很和气，不给人白眼，不训斥"上帝"，不扎堆闲侃，不给人钉子碰。这样的天堂乐园，我也真是心向往之的。但是给我印象最深，使我最为吃惊或者羡慕的还是他们对待要死的人的态度。那里的人，大概同人世间的猫们差不多，能预先知道自己寿终的时刻。到了此时，要死的老嬷嬷或者老头，健步如飞地走在前面，身后簇拥着自己的子子孙孙、至亲好友，个个喜笑颜开，全无悲戚的神态，仿佛是去参加什么喜事一般，一直把老人送进坟墓。后事如何，壁画不是电影，是不能动的。然而画到这个程序，以后的事尽在不言中。如果一定要画上填土封坟，反而似乎是多此一举了。我觉得，净土中的人们给我们人类争了光。他们这一手比猫们又漂亮多了。知道必死，而又兴高采烈，多么豁达！多么聪明！猫们能做得到吗？这证明，净土里的人们真正参透了人生奥秘，真正参透了自然规律。人为万物之灵，他们为我们人类在同猫们对比之下真真增了光！真不愧是净土！

上面我胡思乱想得太远了,还是回到我们人世间来吧。我坦白承认,我对人生的奥秘参透得还不够,我对自然规律参透得也还不够。我仍然十分怀念我的咪咪。我心里仿佛有一个空白,非填起来不行。我一定要找一只同咪咪一模一样的白色波斯猫。后来果然朋友又送来了一只,浑身长毛,洁白如雪,两只眼睛全是绿的,亮晶晶像两块绿宝石。为了纪念死去的咪咪,我仍然为它命名"咪咪",见了它,就像见到老咪咪一样。过了大约又有一年的光景,友人又送了我一只据说是纯种的波斯猫,两只眼睛颜色不同,一黄一蓝。在太阳光下,黄的特别黄,蓝的特别蓝,像两颗黄、蓝宝石,闪闪发光,竞妍争艳。这只猫特别调皮,简直是胆大无边,然而也因此就更特别可爱。这一下子又忙坏了虎子,它认为这两只小猫都是自己的亲生女儿,硬逼着它们吮吸自己那干瘪的奶头。只要它走出去,不知在什么地方弄到了小鸟、蚱蜢之类,就带回家来,给两只小猫吃。好久没有听到的"咪噢"唤小猫的声音,现在又听到了。我心里漾起了一丝丝甜意。这大大地减轻了我对老咪咪的怀念。

可是岁月不饶人,也不会饶猫的。这一只"土猫"虎子已经活到了十四岁。据通达世情的人们说,猫的十四岁,就等于人的八九十岁。这样一来,我自己不是成了虎子的同龄"人"了吗?这个虎子却也真怪,有时候颇现出一些老相。两只炯炯有神的眼睛里忽然被一层薄膜蒙了起来。嘴里流出了哈喇子,胡子上都沾得亮晶晶的。不大想往屋里来,日日夜夜趴在阳台上蜂窝煤堆上，不吃，不喝。我有了老咪咪的经验，知道它快不行了。我也跑到海淀，去买来牛肉和猪肝，想让它不要饿着肚子离开这个世界。我随时准备着。第二天早晨一睁眼，虎子不见了。结果虎子并没有这样干。我天天凌晨睁眼后第一件事就是来看虎子；隔着窗子，依然黑乎乎的一团，卧在那里，我心里感到安慰。有时候，它也起来走动了。我在本文开头时写的就是去年深秋一个下雨天我隔窗看到的虎子的情况。

到了今天，半年又过去了。虎子不但没有走，而且顽健胜昔，仍然是天天出去。有时候在晚上，窗外的布帘子的一角蓦地被掀了起来，一个丑角似的三花脸一闪。我便知道，这是虎子回来了，连忙开门，放它进来。大概同某一些老年人一样——不是所有的老年人——到了暮年就改恶向善，虎子的脾气大大地改变了。几乎再也不咬人了。我早晨摸黑起床，写作看书累了，常常到门外湖边山下去走一走。此时，我冷不防脚下忽然踢着了一团软乎乎的东西。这是虎子，它在夜里不知道在什么地方待了一夜，现在看到了我，一下子蹿了出来，用身子蹭我的腿，在我身前和身后转悠。它跟着我，亦步亦趋，我走到哪里，它就跟到哪里，寸步不离。我有时故意爬上小山，以为它不会跟来了，然而一回头，虎子正跟在身后。猫是从来不跟人散步的，只有狗才这样干。有时候碰到过路的人，他们见了这情景，都大为吃惊。"你看猫跟着主人散步哩！"他们说，露出满脸惊奇的神色。最近一个时期，虎子似乎更精力旺盛了，它返老还童了。有时候竟带一只它重孙辈的小公猫到我们家阳台上来。"今夜我们相识。"虎子用不着介绍就相识了。看样子，虎子一去不复返的日子遥遥无期了。我成了拥有三只猫的家庭的主人。

我养了十几年猫，前后共有四只。猫们向人们学习什么，我不通猫语，无法询问。我作为一个人却确实向猫学习了一些有用的东西。上面讲过的对处理死亡的办法，就是一个例子。我自己毕竟年纪已经很大了，常常想到死的问题。鲁迅五十多岁就想到了，我真是瞠乎后矣。人生必有死，这是无法抗御的。而且我还认为，死也是好事情。如果世界上的人都不死，连我们的轩辕老祖和孔老夫子今天依然峨冠博带，坐着奔驰车，到天安门去遛弯，你想人类世界会成一个什么样子！人是百代的过客，总是要走过去的，这绝不会影响地球的转动和人类社会的进步。每一代人都只是一场没有终点的长途接力赛的一环。前不见古人，后不见来者，是宇宙常规。人老了要死，像在净土里那样，应该算是一件喜事。老人跑完了自己的一棒，把棒交给后人，自己要休息了，这是正常的。不管快慢，他们总算跑完了一棒，总算对人类的进步做出了贡献，总算尽上了自己的天职。年老了要退休，这是身体、精神状况所决定的，不是哪个人能改变的。老人们会不会感到寂寞呢？我认为，会的。但是我却觉得，这寂寞是顺乎自然的，从伦理的高度来看，甚至是应该的。我始终主张，老年人应该为青年人活着，而不是相反。青年人有接力棒在手，世界是他们的，未来是他们的，希望是他们的。吾辈老年人的天职是尽上自己仅存的精力，帮助他们前进，必要时要躺在地上，让他们踏着自己的躯体前进，前进。如果由于害怕寂寞而学习《红楼梦》里的贾母，让一家人都围着自己转，这不但是办不到的，而且从人类前途利益来看是犯罪的行为。我说这些话，也许有人怀疑，我是不是碰到了什么不如意的事，才说出这样令某些人骇怪的话来。不，不，绝不。我现在身体顽健，家庭和睦，在社会上广有朋友，每天照样读书、写作、会客、开会不辍。我没有不如意的事情，也没有感到寂寞。不过自己毕竟已逾耄耋之年，面前的路有限了，不免有时候胡思乱想。而且，我同猫们相处久了，觉得它们有些东西确实值得我们学习，我们这些万物之灵应该屈尊一下，学习学习。即使只学到猫们处理死亡大事这一手，我们社会上会减少多少麻烦呀！

"那么，你是不是准备学习呢？"我仿佛听到有人这样质问了。是的，我心里是想学习的。不过也还有些困难。我没有猫的本能，我不知道自己的大限何时来到。而且我还有点担心，如果我真正学习了猫，有一天忽然偷偷地溜出了家门，到一个旮旯里、树丛里、山洞里、河沟里，一头钻进去，藏了起来，这样一来，我们人类社会可不像猫社会那样平静，有些人必然认为这是特大新闻，指手画脚，喊喊喳喳。如果是在旧社会里或者在今天的香港等地的话，这必将成为头版头条的爆炸性新闻，不亚于当年的杨乃武和小白菜。我的亲属和朋友也必将派人出去寻找，派的人也许比寻找彭加木的人还要多。这是多么可怕的事呀！因此我就迟疑起来。至于最后究竟何去何从？我正在考虑、推敲、研究。

一九九二年二月十七日

晨趣

一抬头,眼前一片金光:朝阳正跳跃在书架顶上玻璃盒内日本玩偶藤娘身上,一身和服,花团锦簇,手里拿着淡紫色的藤萝花,都熠熠发光,而且闪烁不定。

我开始工作的时候,窗外暗夜正在向前走动。不知怎样一来,暗夜已逝,旭日东升。这阳光是从哪里流进来的呢?窗外一棵高大的梧桐树,枝叶繁茂,仿佛张开了一张绿色的网。再远一点,在湖边上是成排的垂柳。所有这一些都不利于阳光的穿透。然而阳光确实流进来了,就流在藤娘身上……

然而,一转瞬间,阳光忽然又不见了,藤娘身上,一片阴影。窗外,在梧桐和垂柳的缝隙里,一块块蓝色的天空。成群的鸽子正盘旋飞翔在这样的天空里,黑影在蔚蓝上面划上了弧线。鸽影落在湖中,清晰可见,好像比天空里的更富有神韵,宛如镜花水月。

朝阳越升越高，透过浓密的枝叶，一直照到我的头上。我心中一动，阳光好像有了生命，它启迪着什么，它暗示着什么。我忽然想到印度大诗人泰戈尔，每天早上对着初升的太阳，静坐沉思，幻想与天地同体，与宇宙合一。我从来没达到这样的境界，我没有这一份福气。可是我也感到太阳的威力，心中思绪腾翻，仿佛也能洞察三界，透视万有了。

现在我正处在每天工作的第二阶段的开头上。紧张地工作了一个阶段以后，我现在想松缓一下，心里有了余裕，能够抬一抬头，向四周，特别是窗外观察一下。窗外风光如旧，但是四季不同：春花，秋月，夏雨，冬雪，情趣各异，动人则一。现在正是夏季，浓绿扑人眉宇，鸽影在天，湖光如镜。多少年来，当然都是这个样子。为什么过去我竟视而不见呢？今天，藤娘身上一点闪光，仿佛照透了我的心，让我抬起头来，以崭新的眼光来衡量一切，眼前的东西既熟悉，又陌生，我仿佛搬到了一个新的地方，把我好奇的童心一下子都引逗起来了。我注视着藤娘，我的心却飞越茫茫大海，飞到了日本，怀念起赠送给我藤娘的室伏千津子夫人和室伏佑厚先生一家来。真挚的友情温暖着我的心……

窗外太阳升得更高了。梧桐树椭圆的叶子和垂柳的尖长的叶子，交织在一起，椭圆与细长相映成趣。最上一层阳光照在上面，一片嫩黄；下一层则处在背阴处，一片黑绿。远处的塔影，屹立不动。天空里的鸽影仍然在划着或长或短、或远或近的弧线。再把眼光收回来，则看到里面窗台上摆着的几盆君子兰，深绿肥大的叶子，给我心中增添了绿色的力量。

多么可爱的清晨，多么宁静的清晨！

此时我怡然自得，其乐陶陶。我真觉得，人生毕竟是非常可爱的，大地毕竟是非常可爱的。我有点不知老之已至了。我这个从来不写诗的人心中似乎也有了一点诗意。

此身合是诗人未？

鸽影湖光入目明。

我好像真正成为一个诗人了。

一九八八年十月十三日晨

加德满都的狗

我小时候住在农村里，终日与狗为伍，一点也没有感觉到狗这种东西有什么稀奇的地方。但是狗却给我留下了极其深刻的印象。我母亲逝世以后，故乡的家中已经空无一人。她养的一条狗——连它的颜色，我现在都回忆不清楚了——却仍然日日夜夜卧在我家门口，守着不走。女主人已经离开人世，再没有人喂它了。它好像已经意识到这一点，但是它却坚决宁愿忍饥挨饿，也绝不离开我们那破烂的家门口。黄昏时分，我形单影只从村内走回家来，屋子里摆着母亲的棺材，门口卧着这一只失去了主人的狗，泪眼汪汪地望着我这个失去了慈母的孩子，有气无力地摇摆着尾巴，嗅我的脚。茫茫宇宙，好像只剩下这只狗和我。此情此景，我连泪都流不出来了，我流的是血，而这血还是流向我自己的心中。我本来应该同这只狗相依为命，互相安慰。但是，我必须离开故乡，我又无法把它带走。离别时，我流着泪紧紧地搂住了它，我遗弃了它，真正受到良心的谴责。几十年来，我经常想到这一只狗，直到今天，我一想到它，还会不自主地流下眼泪。我相信，我离开家以后，它也绝不会离开我家的门口。它的结局，我简直不忍想下去了。母亲有灵，会从这一只狗身上得到我这个儿子无法给她的慰藉吧。

从此，我爱天下一切狗。

但是我迁居大城市以后，看到的狗渐渐少起来了。最近多少年以来，北京根本不许养狗，狗简直成了稀有动物，只有到动物园里才能欣赏了。

我万万没有想到，我到了加德满都以后，一下飞机，在机场受到热情友好的接待。汽车一驶离机场，驶入市内，在不算太宽敞的马路两旁就看到了大狗、小狗、黑狗、黄狗，在一群衣履比较随便的小孩子中间，摇尾乞食，低头觅食。

这是一件小事，却使我喜出望外：久未晤面的亲爱的狗竟在万里之外的异域会面了。

狗们大概完全不理解我的心情，它们大概连辨别本国人和外国人的本领还没有学到。我这里一往情深，它们却漠然无动于衷，只是在那里摇尾低头，到处嗅着，想找到点什么东西吃吃。

晚上，我们从中国大使馆回旅馆的时候，天已经完全黑了。加德满都的大街上，电灯不算太多，霓虹灯的数目更少一些。

我在阴影中又隐隐约约地看到了大狗、小狗、黑狗、黄狗，在那里到处嗅着。回到旅馆，在沐浴后上床的时候，从远处的黑暗中传来了阵阵的犬吠声。古人说，深夜犬吠若豹。我现在听到的不是吠声若豹，而是吠声若犬。这事当然并不稀奇。可这并不稀奇的若犬的犬吠声却给我带来了无尽的甜蜜的回忆。这甜蜜的犬吠声一直把我送入我在加德满都过的第一夜的梦中。

    一九八六年十一月二十五日凌晨于苏尔提宾馆

自己的花是让别人看的

爱美大概也算是人的天性吧。宇宙间美的东西很多,花在其中占重要的地位。爱花的民族也很多,德国在其中占重要的地位。

四五十年以前我在德国留学的时候,曾多次对德国人爱花之真切感到吃惊。家家户户都在养花。他们的花不像在中国那样,养在屋子里,他们是把花都栽种在临街窗户的外面。花朵都朝外开,在屋子里只能看到花的脊梁。我曾问过我的女房东:"你这样养花是给别人看的吧?"她莞尔一笑,说:"正是这样!"

正是这样,也确实不错。走过任何一条街,抬头向上看,家家户户的窗子前都是花团锦簇、姹紫嫣红。许多窗子连接在一起,汇成了一个花的海洋,让我们看的人如入山阴道上,应接不暇。每一家都是这样,在屋子里的时候,自己的花是让别人看的。走在街上的时候，自己又看别人的花。人人为我，我为人人。我觉得这一种境界是颇耐人寻味的。

　　今天我又到了德国，刚一下火车，迎接我们的主人问我："你离开德国这样久，有什么变化没有？"我说："变化是有的，但是美丽并没有改变。"我说"美丽"指的东西很多，其中也包含着美丽的花。我走在街上，抬头一看，又是家家户户的窗口上都开满了鲜花。多么奇丽的景色！多么奇特的民族！我仿佛又回到了四五十年前，我做了一个花的梦，做了一个思乡的梦。

一九八五年八月二十七日

一个盛刮胡子刀架的塑料盒

我于一九三五年夏天到了德国的柏林，临时在大街上一个小杂货铺里买了一个盛刮胡子刀架的小盒，颜色是深紫的，非木非金属，大概也是一种什么塑料制成的，并不起眼，绝非名牌，我临时急需，顺便买来而已。

可是我万万没有想到，就是这样一个我并不特别重视的小盒，竟陪伴了我六十多年，到现在我仍然天天用它，它仍然完好无缺，没有变形，没有损坏。我日常使用的钢笔、小刀之类的东西，日常穿用的衣、裤、鞋、袜等，早已不知道换了多少代，独独这一个小盒子却赫然在目，仍然像六十多年以前那样，天天为我服务。

这个小盒子是见过大世面的。它在德国陪了我整整十年，在瑞士陪了我半年，又陪我经过法国和越南回到祖国。我在亚洲到过许多国家和地区，四下日本，五赴印度，两访韩国，至于中国香港和澳门都曾留下我的游踪。非洲我走过大半个，短期的出国，以及在国内的旅行，更无法统计次数。衣服屡屡更换，用品常常翻新，以不变应万变者，唯此一个小盒。

对于这样一个事实，我最初并没有感觉到。一九六五年，我在农村中搞"四清"。有一天，小盒忽然不见了，我急得满头大汗，怀疑是房东小孩由于好奇拿去玩了。后来忽然又神奇地找到了它，心中大喜。从此我才意识到它对于我的重要性。在牛棚中，自己的性命就悬在牢头禁子的长矛尖上，谁还有胆量和兴致去刮胡子。囚首丧面，古有明训，胡子拉碴，习以为常，同我的小盒子真是久违久违了。一想起来，心里就不是滋味。到现在又已过去了三十多年，而小盒仍然在我的洗脸盆中。一看到它，心里就有说不出的温暖。我这位终生陪伴我的老友，忽然变得大了起来，大到充天地塞宇宙。它是我这个望九老人一生坎坎坷坷的见证人。

写到这里，我自己也觉有点好笑起来。我这不是博士买驴，满纸三张，不见"驴"字了吗？其实，我的"驴"字是非常清楚的。试问世界上有哪一个国家能够制造出一件微不足道的器物而能六七十年不变形不磨损的？我敢说：没有！没有！在这一件小事的背后隐藏着的是德国民族的严谨与真诚。在当今全世界大声吆喝争创名牌的喧嚣声中，一个沉默不语的德国制造的小盒子，给了我们最高的启示。

临清狮猫

我在这里想写上一段短短的插曲,讲一讲临清狮猫。

临清狮猫,俗名波斯猫。顾名思义,可见这个猫种是从波斯来的。我想"波斯"中也包括阿拉伯,都是信奉伊斯兰教的。《临清县志·经济志·物产》有一段话:

> 狮猫,比寻常者较大,长毛拖地,色白如雪,以鸳鸯眼为贵,最佳者每对价值百元,北街回民多畜此居奇。

这里有两点值得注意。一点是"最佳者每对价值百元"。当时人民生活每月用不到十元,百元就是一个人一年的生活费,其珍贵实能让人吃惊。一点是回民畜养,可见这种猫是从阿拉伯波斯一带传进来的。"波斯猫"之名即由此产生。

我还有一个问题：当年京杭大运河长达数千里，两岸名城林立，为什么回族独聚居于临清，而波斯猫也独产于临清呢？我认为，解释只能有一个：当年临清在运河两岸群城中，商业特别繁茂，文化特别兴隆，因而吸引力也就特别巨大。因此，外来的民族才独垂青于此地。别的解释，我暂时还想不出来。

我一向主张，文化交流可以促进彼此文化的发展，推动社会前进。中国古代同阿拉伯国家以及波斯有过长时期的多种多样的文化交流，东西史学家论之者众矣。我不是这方面的专家，不敢多所论列。我只举波斯猫一项，谈个人的一点感想。现在"文化"一词滥用现象极其严重，什么东西都是"文化"，看了令人生厌。我不想再创造"猫文化"一词来参加搅和。但是，我是爱养猫的。文艺界老前辈中也不乏爱猫的人，比如冰心、夏衍、梁实秋等，都以爱猫著称。冰心老人的猫是纯白的，可能就是波斯猫。爱猫是一件微不足道的事，当然不能提高到世界大局、人类前途等的水平上来评论；但是对某一些爱猫的人来说，却绝不是可有可无的小事。小猫能带给他们从别的地方得不到的快乐。对这些人来说，难道这不能算是大事吗？

咪咪

我现在越来越不了解自己了。我原以为自己不是多愁善感的人，内心还是比较坚强的。现在才发现，这只是一个假象，我的感情其实脆弱得很。

八年以前，我养了一只小猫，取名咪咪。它大概是一只波斯混种的猫，全身白毛，毛又长又厚，冬天胖得滚圆。额头上有一块黑黄相间的花斑，尾巴则是黄的。总之，它长得非常逗人喜爱。因为我经常给它些鱼肉之类的东西吃，它就特别喜欢我。有几年的时间，它夜里睡在我的床上。每天晚上，只要我一铺开棉被，盖上毛毯，它就急不可待地跳上床去，躺在毯子上。我躺下不久，就听到它打呼噜——我们家乡话叫"念经"——的声音。半夜里，我在梦中往往突然感到脸上一阵冰凉，是小猫用舌头来舔我了，有时候还要往我被窝里钻。偶尔有一夜，它没有到我床上来，我顿感空荡寂寞，半天睡不着。等我半夜醒来，脚头上沉甸甸的，用手一摸：毛茸茸的一团，心里有说不出来的甜蜜感，再次入睡，如游天宫。早晨一起床，吃过早点，坐在书桌前看书写字。这时候咪咪决不再躺在床上，而是一定要跳上书桌，趴在台灯下面我的书上或稿纸上，有时候还要给我一个屁股，头朝里面。有时候还会摇摆尾巴，把我的书页和稿纸摇乱。过了一些时候，外面天色大亮，我就把咪咪和另外一只纯种"国猫"名叫虎子的黑色斑纹的"土猫"放出门去，到湖边和土山下草坪上去吃点青草，就地打几个滚，然后跟在我身后散步。我上山，它们就上山；我走下来，它们也跟下来。猫跟人散步是极为稀见的，因此成为朗润园一景。这时候，几乎每天都碰到一位手提鸟笼遛鸟的老退休工人，我们一见面，就相对大笑一阵："你在遛鸟，我在遛猫，我们各有所好啊！"我的一天，往往就是在这种情况下开始的。其乐融融，自不在话下。

大概在一年多以前，有一天，咪咪忽然失踪了。我们全家都有点着急。我们左等，右等；左盼，右盼，望穿了眼睛，只是不见。在深夜，在凌晨，我走了出来，瞪大了双眼，尖起了双耳，希望能在朦胧中看到一团白色，希望能在万籁俱寂中听到一点声息。然而，一切都是枉然。这样过了三天三夜，一个下午咪咪忽然回来了。雪白的毛上沾满了杂草，颜色变成了灰突突的，完全一副狼狈不堪的样子。一头闯进门，直奔猫食碗，狼吞虎咽,大嚼一通。然后跳上壁橱,藏了起来,好半天不敢露面。从此,它似乎变了脾气,拉尿不知,有时候竟在桌子上撒尿和拉屎。它原来是一只规矩温顺的小猫咪,完全不是这样子的。我们都怀疑,它之所以失踪,是被坏人捉走的,想逃跑,受到了虐待,甚至受到捶挞,好不容易逃了回来,逃出了魔掌,生理上受到了剧烈的震动,才落了一身这样的坏毛病。

我们看了心里都很难受。一个纯洁无辜的小动物,竟被折磨成这个样子,谁能无动于衷呢?可是我又有什么办法?我是最喜爱这个小东西的,心里更好像是结上了一个大疙瘩,然而却是爱莫能助,眼睁睁地看它在桌上的稿纸上撒尿。但是,我决不打它。我一向主张,对小孩子和小动物这些弱者,动手打就是犯罪。我常说,一个人如果自认还有一点力量、一点权威的话,应当向敌人和坏人施展,不管他们多强多大。向弱者发泄,算不上英雄汉。

然而事情发展却越来越坏,咪咪任意撒尿和拉屎的频率增加了,范围扩大了。在桌上,床下,澡盆中,地毯上,书上,纸上,只要从高处往下一跳,尿水必随之而来。我以耄耋衰躯,匍匐在床下桌下向纵深的暗处去清扫猫屎,钻出来以后,往往喘上半天粗气。我不但毫不气馁,而且大有乐此不疲之慨,心里乐滋滋的。我那年近九旬的老祖笑着说:"你从来没有给女儿、儿子打扫过屎尿,也没有给孙子、孙女打扫过,现在却心甘情愿服侍这一只小猫!"我笑而不答。我不以为苦,反以为乐。这一点我自己也解释不清楚。

但是，事情发展得比以前更坏了。家人忍无可忍，主张把咪咪赶走。

我觉得，让它出去野一野，也许会治好它的病，我同意了。于是在一个晚上把咪咪送出去，关在门外。我躺在床上，辗转反侧，再也睡不着。后来蒙眬睡去，做起梦来，梦到的不是别的什么，而是咪咪。第二天早晨，天还没有亮，我拿着手电到楼外去找。我知道，它喜欢趴在对面居室的阳台上。拿手电一照，白白的一团，咪咪蜷伏在那里，见到了我"咪噢"叫个不停，仿佛有一肚子委屈要向我倾诉。我听了这种哀鸣，心酸泪流。如果猫能做梦的话，它梦到的必然是我。它现在大概怨我太狠心了，我只有默默承认，心里痛悔万分。

我知道，咪咪的母亲刚刚死去，它自己当然完全不懂这一套，我却是懂得的。我青年丧母，留下了终天之恨。年近耄耋，一想到母亲，仍然泪流不止。现在竟把思母之情移到了咪咪身上。我心跳手颤，赶快拿来鱼饭，让咪咪饱餐一顿。但是，没有得到家人的同意，我仍然得把咪咪留在外面。而我又放心不下，经常出去看它。我住的朗润园小山重叠，林深树茂，应该说是猫的天堂。可是咪咪硬是不走，总卧在我住宅周围。我有时晚上打手电出来找它，在临湖的石头缝中往往能发现白色的东西，那是咪咪。见了我，它又"咪噢"直叫。它眼睛似乎有了病，老是泪汪汪的。它的泪也引起了我的泪，我们相对而泣。

我这样一个走遍天涯海角饱经沧桑的垂暮之年的老人，竟为这样一只小猫而失魂落魄，对别人来说，可能难以解释，但对我自己来说，却是很容易解释的。从报纸上看到，定居台湾的老友梁实秋先生，在临终时念念不忘的是他的猫。我读了大为欣慰，引为"同志"，这也可以说是"猫坛"佳话吧。我现在再也不硬充英雄好汉了，我俯首承认我是多愁善感的。

咪咪这样一只小猫就戳穿了我这一只"纸老虎"。我了解到了自己的本来面目，并不感到有什么难堪。

现在，我正在香港讲学，住在中文大学会友楼中。此地背山面海，临窗一望，海天混茫，水波不兴，青螺数点，帆影一片，风光异常美妙，园中有四时不谢之花，八节长春之草，兼又有主人盛情款待，我心中此时乐也。然而我却常有"山川信美非吾土"之感，我怀念北京燕园中我的家人，我的朋友，我的书房，我那堆满书案的稿子。我想到北国就要千里冰封、万里雪飘，"马后桃花马前雪，教人怎得不回头？"。我归心似箭，决不会"回头"。特别是当我想到咪咪时，我仿佛听到它的"咪噢"的哀鸣，心里颤抖不停，想立刻插翅回去。小猫吃不到我亲手给它的鱼肉，也许大惑不解："我的主人哪里去了呢？"猫们不会理解人们的悲欢离合。我庆幸它不理解，否则更会痛苦了。好在我留港时间即将结束，我不久就能够见到我的家人，我的朋友。燕园中又多了一个我，咪咪会特别高兴的，它的病也许会好了。北望云天万里，我为咪咪祝福。

咪咪二世

凌晨四时,如在冬天,夜气犹浓,黑暗蔽空。我起床,打开电灯,拉开窗帘,玻璃窗外窗台上两股探照灯似的红光正对准我射过来。我知道,小猫咪咪二世已等我给它开门了。

我连忙拿起手电筒,开门。走到黑暗的楼道里,用手电筒对着赤暗的门外闪上两闪。立即有一股白烟似的东西,蹿到我的脚下,用浑身白而长的毛蹭我的腿,用嘴咬我的裤腿,用软软的爪子挠我的脚,使我步都迈不开。看样子真好像是多年未见了。实际上昨天晚上我才开门放它出去的。进屋以后,我给它极小一块猪肝或牛肉,它心满意足了,跳上电冰箱的顶,双眼一眯,呼噜呼噜念起经来了。

多少年来,我一日之计就是这样开始的,我养过一只纯白的波斯猫,后来寿限已到,不知道寿终什么寝了。它的名字叫咪咪，它的死让我非常悲哀，我发誓要找一只同样毛长尾粗的波斯猫。皇天不负有心人，后来果然找到了。为了区别于它的前任，我仿效秦始皇的办法，命名为"二世"。是不是也蕴含着一点传之万世而无穷的意思呢？没有。咪咪和我都没有秦始皇那样的雄才大略。

不管怎样，咪咪二世已经成了我每天的不太多的喜悦源泉。在白天，我看书写作一疲倦，就往往到楼外小山下池塘边去散一会儿步。这时候，忽然出我意料，又有一股白烟从草丛里，从野花旁，蓦地蹿了出来，用长而白的毛蹭我的腿，用嘴咬我的裤腿，用软软的爪子挠我的脚，使我步都迈不开。我努力迈步向前走，它就跟在我身后，陪我散步，山上，池边，我走到哪里，它跟到哪里。据有经验的老人说，只有狗才跟人散步，猫是决不肯干的。可是我们的咪咪二世却敢于打破猫们的旧习，成为猫世界的"叛逆的女性"。于是，小猫跟季羡林散步，就成为燕园的一奇，可惜宣传跟不上；否则，这一奇景将同英国王宫卫队换岗一样，名扬世界了。

© 中南博集天卷文化传媒有限公司。本书版权受法律保护。未经权利人许可，任何人不得以任何方式使用本书包括正文、插图、封面、版式等任何部分内容，违者将受到法律制裁。

图书在版编目（CIP）数据

没有一种人生是完美的 / 季羡林著. -- 长沙：湖南文艺出版社，2024.9. --ISBN 978-7-5726-1969-4

I. I267

中国国家版本馆 CIP 数据核字第 2024S4Z315 号

上架建议：畅销·文学

MEIYOU YI ZHONG RENSHENG SHI WANMEI DE
没有一种人生是完美的

著　　者：季羡林
出 版 人：陈新文
责任编辑：张子霏
出 品 方：好读文化
出 品 人：姚常伟
监　　制：毛闽峰
策划编辑：罗　元　牛　雪
特约策划：颜若寒
文案编辑：高晓菲
营销编辑：陈可心　刘　珣　焦亚楠
封面设计：末末美书
封面插画：厚　闲
版式设计：鸣阅空间
出　　版：湖南文艺出版社
　　　　　（长沙市雨花区东二环一段 508 号　邮编：410014）
网　　址：www.hnwy.net
印　　刷：北京美图印务有限公司
经　　销：新华书店
开　　本：855 mm × 1180 mm　1/32
字　　数：179 千字
印　　张：9
版　　次：2024 年 9 月第 1 版
印　　次：2024 年 9 月第 1 次印刷
书　　号：ISBN 978-7-5726-1969-4
定　　价：49.50 元

若有质量问题，请致电质量监督电话：010-59096394
团购电话：010-59320018